SALTO

»Et es wie et es« lautet der Artikel 1 des Kölschen Grundgesetzes. Der Wahrheitsgehalt dieses Satzes steht außer Zweifel. Die humorvolle Rhein-Metropole und ihre Bewohner haben eine ganze Reihe bemerkenswerter Eigenheiten, die sich auch in literarischen Texten niedergeschlagen haben.

Hier versammelt sind Dom-Betrachtungen und Bier-Exkurse, Initiationsriten für Zugezogene sowie Prozessionen und Proteste unterschiedlichster Art. Es geht um den Fluss und um Autos, um Tauben und Fußball.

KÖLN

Eine literarische Einladung

Herausgegeben von Alwin Müller-Jerina

Verlag Klaus Wagenbach Berlin

Für Iris

E BÜTTCHE BUNT

LANS DER RHING

VORWORT

Etwa sechs Millionen Besucherinnen und Besucher kommen jedes Jahr in die Rheinmetropole, um die Stadt und ihre Sehenswürdigkeiten zu bewundern: den Kölner Dom, die romanischen Kirchen, die Museen – oder um zu shoppen.

Egal aus welcher Himmelsrichtung man anreist, schon von weitem sieht man das Wahrzeichen von Köln, den Dom, seit 1996 UNESCO-Weltkulturerbe. Der Kölner gerät ins Schwärmen und bekommt feuchte Augen, wenn er den Dom erblickt, der seit dem Mittelalter Menschen in seinen Bann zieht. Einst das höchste Gebäude der Welt, ist seine reichverzierte Fassade bis heute unübertroffen. Wie durch ein Wunder hat der Dom die fast vollständige Zerstörung der Stadt im Zweiten Weltkrieg weitgehend unbeschadet überstanden. Er überwältigt mit seiner Wucht, der schwindelerregenden Höhe und dem unglaublichen Detailreichtum und ist eine der schönsten gotischen Kathedralen. Man wird ihn allerdings kaum je ohne Baugerüst sehen. Die ständigen Baustellen haben aber auch etwas Beruhigendes, gibt es doch das alte Kölner Sprichwort: »Wenn der Kölner Dom fertig ist, geht die Welt unter.«

Der Platz, auf dem der Dom steht, die sogenannte Domplatte, ist – wie schon ihr Name sagt – einfach nur platt und an Hässlichkeit kaum zu überbieten: keine Bäume, keine Bänke, kein Grün, alles wie freigeräumt für Windböen und Skateboardfahrer. Zum Dom und zur Domplatte gehören auch die Tauben, die immer wieder zu hitzigen politischen

Debatten geführt haben. Eigens für sie hat Mataré den Taubenbrunnen geschaffen.

Von hier sind es nur ein paar Schritte bis zum Rhein mit seinen beeindruckenden Brücken und den architektonischen Highlights der Kranhäuser im ehemaligen Rheinauhafen. Der Fluss ist mittlerweile wieder so sauber, dass man in ihm baden kann, und auch die Fische sind zurückgekehrt. Vom Rheinufer aus hat man einen Blick auf die wiederaufgebaute Altstadt, und dort an der Uferpromenade spielt sich bei gutem Wetter das Leben ab. So sicher wie das Amen in der Kirche kommt allerdings auch das nächste Hochwasser, das die Wiesen am Rheinufer überschwemmt und den Rhein auf doppelte Breite anschwellen lässt.

Wo der Rhein fließt, fließt in den verschiedenen Brauhäusern der Stadt das *Kölsch*, ein obergäriges Bier, oft noch aus traditionellen Holzfässern gezapft und serviert vom *Köbes* genannten Kellner. Man unterstehe sich, das *Kölsch* »Bier« und den *Köbes* »Kellner« zu nennen. Er stellt einem unaufgefordert ein frisches Kölsch hin, bis man den Deckel auf die *Kölschstange* legt oder zahlt. Auf der Speisekarte stehen kölsche Spezialitäten wie *Halver Hahn*, *Flönz* oder *kölscher Kaviar*.

Man trinkt nicht nur Kölsch, man spricht auch Kölsch – und wenn es nur ein paar Brocken oder Redewendungen sind. In den 1980er Jahren wurde eine eigene *Akademie för uns kölsche Sproch* gegründet, die sich dem Erhalt und der Förderung der kölschen Sprache widmet. Zudem verfügt die Stadt über eine Vielzahl von Mundart-Bands, die auch über die Stadtgrenzen hinaus bekannt und beliebt sind.

Ihre Lebensmaxime *Levve un levve loße* haben die Kölner in einem eigenen Regelwerk verankert, dem *Kölschen Jrundjesetz*: »Fünfe grade sein lassen«, denn *jede Jeck es anders*. In Köln wird seit der Römerzeit gekungelt und geklüngelt, gebützt und getanzt. Diese Einstellung zum Leben kann allerdings auch dazu führen, dass man mehr mauschelt und kungelt als plant und organisiert, dass man eher ein Talent dafür hat, große Dinge in den Sand zu setzen oder erst gar nicht anzufangen. Der *Kölsche Klüngel* ist sprichwörtlich geworden.

Beim Kölner Karneval in der fünften Jahreszeit gerät beim kontrollierten Kontrollverlust alles außer Rand und Band. Seit Beginn der 1990er Jahre gibt es in Köln außerdem die ColognePride mit dem Christopher Street Day, der größten Parade in Deutschland, die durchaus etwas von einem sommerlichen Karneval hat.

Der Kölner liebt seine Stadt. Als *Veedel* bezeichnet er das Stadtviertel, in dem er wohnt und zu Hause ist, sein Dorf in der Stadt. In Köln zählt man insgesamt 86 offizielle Stadtteile. Hier ist man emotional fest verwurzelt; hier manifestiert sich das spezifisch kölsche Lebensgefühl mit seinem Hang zu Laisser-faire und Hedonismus; hier ist die Stammkneipe an der Ecke, der Wochenmarkt, die Kirche und das *Büdchen*, in dem man auch spätabends oder am Wochenende das Notwendigste einkaufen kann.

Jahrhundertelang war das *hillije Kölle* mit seinem Dom und den romanischen Kirchen eine vom rheinischen Katholizismus geprägte Stadt, und der Dreikönigenschrein im Dom war Ziel der Pilger aus aller Welt. Die Prozessionen an den kirchlichen Feiertagen gehören auch in zunehmend säkularisierten Zeiten noch zum Alltagsbild im Veedel. Und wenn das Leben dann einst vorbei ist: Wer möchte nicht auf Melaten ruhen, dem wohl schönsten Kölner Friedhof.

Die Kölner halten ihren FC für den besten Fußballclub. Die Spiele des 1. FC Köln bescheren seinen Fans stets eine Achterbahn der Gefühle. Trotz der oft mäßigen Leistungen hält man ihm die Treue und feiert oder durchleidet das Drama seiner Auf- und Abstiege gemeinsam.

Köln ist seit jeher eine weltoffene Stadt, beginnt doch ihre Geschichte mit der Ansiedlung von Fremden, den Römern. Durch Handelsbeziehungen strömten Menschen aus ganz Europa nach Köln und hinterließen ihre Spuren. Besonders der Zuzug der sogenannten Gastarbeiter in den 1950er Jahren gab einen Schub hin zu einer multikulturellen Stadt. Die angeworbenen Arbeiter kamen zunächst aus Italien, später aus Spanien, Griechenland, der Türkei und Jugoslawien. Heute hat fast die Hälfte der Stadtbevölkerung einen Migrationshintergrund mit familiären Wurzeln in 180 Nationen. Köln ist eine junge, weltoffene Stadt, doch als *Imi* ist man erst richtig in Köln angekommen, wenn man Karneval feiert, zum FC geht und sein *Kölsch en d'r Weetschaff op d'r Eck* trinkt.

Auch literarisch hat die Stadt viel zu bieten: Das belegen die fast 180 Wikipedia-Einträge zur Schriftstellerinnen und Schriftstellern, die aus Köln stammen oder in Köln tätig waren oder noch sind. Die Stadt hat Literatur produziert, aber auch mit ihrer Literatur provoziert.

Der 1948 gegründete Verlag Kiepenheuer & Witsch hat seinen Sitz in Köln und vertritt etwa 800 Autorinnen und Autoren, unter anderem den Literaturnobelpreisträger Heinrich Böll und dessen langjährigen Lektor Dieter Wellershoff. Der 1956 gegründete öffentlich-rechtliche Rundfunk- und Fernsehsender WDR hat schon immer Autorinnen und Autoren Arbeits- und Publikationsmöglichkeiten geboten. Das seit 1996 bestehende Literaturhaus und die lit.COLOGNE, das seit 2001 stattfindende internationale Literaturfestival, erfreuen sich bei Autorinnen und Autoren sowie beim Publikum großer Beliebtheit.

Der vorliegende Band bietet einen repräsentativen Querschnitt zeitgenössischer Texte. Die Autorinnen und Autoren entwerfen eine literarische Topographie des modernen Köln. Kriterium für die Aufnahme in das Buch war nicht, dass die Schriftstellerinnen und Schriftsteller in Köln geboren sind oder ihren Wohnsitz in Köln haben. Vielmehr steht die literarische Würdigung der Stadt mit ihren Sehenswürdigkeiten, ihren Menschen und dem Lebensgefühl der Kölner in all seinen Aspekten im Mittelpunkt. Die Reihenfolge der Texte ist nicht chronologisch, sondern beginnt im Zentrum: am Hauptbahnhof, am Dom und am Fluss, um sich dann in den verschiedenen Vierteln fortzuschreiben. Nicht zuletzt soll der Band auch ein Reisebegleiter in die Metropole am Rhein sein.

DO SIN MER DOBEI

Et kölsche Jrundjesetz

Artikel 1: Et es wie et es

Artikel 2: Et kütt wie et kütt

Artikel 3: Et hätt noch immer joot jejange

Artikel 4: Wat fott es, es fott

Artikel 5: Et bliev nix wie et wor

Artikel 6: Kenne mer nit, bruche mer nit, fott domet

Artikel 7: Wat wells de maache?

Artikel 8: Maach et joot, ävver nit zo off

Artikel 9: Wat soll dä Quatsch?

Artikel 10: Drinks de ejne met?

Artikel 11: Do laachs de dich kapott

Jürgen Becker *Köln*

Köln ist eine alte, einst schöne, intolerante, versöhnliche, unordentliche, gemütliche, konfuse, römische, dunkle, muffige, sinnliche, laute, leichtsinnige, ironische, melancholische, bornierte, tröstende, ungelüftete, grobe, grinsende, gleichgültige, mütterliche, empfindliche, schnapstrinkende, unvergeßliche Stimmungs-, Heimweh-, Wasser- und Schlechtwetterstadt, die in ihrer Widersprüchlichkeit genügend Reize für einen Künstler hat. Es ist für meine Bücher wichtig, daß sie gerade hier entstanden sind. Für meine Begriffe hat Köln auf dem Sektor der Architektur bemerkenswerte Beispiele von Häßlichkeit und Langeweile hervorgebracht. Eine Theaterstadt? Nein – oder in Zukunft vielleicht doch.

...

Die Mentalität der Kölner: Da fallen mir viele Wörter ein, die das trübe Klischee von der Mentalität der Kölner bestätigen oder widerrufen möchten. Der Kölner ist nicht kühl wie der Hamburger, nicht urig wie der Bayer, nicht fit wie der Berliner, sondern ... das stimmt ja alles nicht. Fragen wir mal unsere Leser, was da stimmt und ob wir dazu imstande sind, mit paar Worten uns zu definieren ...

Heinrich Böll *Was ist kölnisch?*

Wahrscheinlich assoziiert der Nichtkölner bei kölnisch irgend etwas, das sich – in verschiedenen Mischungsgraden – aus dunkel, fromm, bürgerlich, Dom, Karneval, Rhein, Wein, Mädchen zusammensetzt. Für die Bewohner der Umgebung, die an Samstagen und Sonntagen in die Stadt strömen, hat Köln sehr unterschiedliche, sehr gegensätzliche Anziehung. Köln ist immer noch Pilgerstadt, die Pilgerziele sind für manchen verschwiegener, oft nur scheinbar gegensätzlicher Natur. Wer wird das Gleisdreieck konstruieren, an dem Frömmigkeit, Vernunft, Natur ohne jegliche Kollision auseinanderrangiert werden könnten? Auf einigen Bildern von Max Ernst steht ein Ohr im Mittelpunkt; der zum Ohr gehörige Mund schwebt in einer entfernten Bildecke. Max Ernst, im Bannkreis der Stadt Köln geboren, hat den Bann dieser Stadt gespürt und beschrieben; Mysterium wurde für ihn Magie. In der Kühle des Doms waltet der Pönitentiar seines Amtes; ein Ohr, das hört und doch nicht hört; ein Mund, weit entfernt von diesem Ohr, der lossprechen kann, wovon nicht jeder Pfarrer lossprechen kann. Die Kölner Redensart »Der muß im Dom beichten gehen –« drückt die gleiche, mit Schrecken gemischte Ehrfurcht aus, wie sie im Gefängnis die kleinen Betrüger, Diebe, Gelegenheitskriminelle dem großen Räuber entgegenbringen. Ich habe oft den Gehilfen meines Vaters zugesehen, wenn sie sich über Zeichnungen von Beichtstühlen beugten, das Holz zurichteten, aus Einzelteilen das Gehäuse zusammenbauten; die Kommentare waren so drastisch und kritisch, wie nur ehemalige Katholiken sie geben können, Kommentare von

Kommunisten, Atheisten aller Schattierung, und doch gab es eine unsichtbare Grenze, die in Gegenwart eines Kindes niemand je verletzt hätte; auch im Karneval, gerade da, wo er sich aus dem Urgrund der Vulgarität nährt, wird diese Grenze nie verletzt; verletzt wird sie nur da, wo man etwas so völlig Unkölnisches wie Fasching mit Karneval verwechselt; Karneval ist vulgär, mit der Größe und allem Schrekken des Vulgären, aber nie frivol; Fasching ist eine Erfindung der Bohème, der Karneval stammt aus dem Volk, er ist klassenlos, so wie eine ansteckende Krankheit keine Klassenunterschiede kennt. Den Fasching bemerkt man nicht im Leben der Stadt, man kann ihn ignorieren; in Köln den Karneval ignorieren zu wollen wäre zwecklos; man kann sich nur aus der Ansteckungszone entfernen.

Der Karneval ist ohne das allgegenwärtige Ohr nicht denkbar; es schwebt darüber, ein Max-Ernstsches Ohr; würde ich Vorschläge für ein neues Kölner Stadtwappen zu machen haben, das Ohr wäre Bestandteil eines komplizierten Wappens, das über das Kölnische Auskunft geben könnte; der dazugehörige Mund müßte in einer anderen Ecke des Wappens zu sehen sein.

Der Dom würde nicht in mein Wappen passen; daß er so offensichtlich von Bomben verschont wurde, während man die herrlichen romanischen Kirchen keiner Schonung für würdig fand, gehört zu den sentimentalen Irrtümern über das Kölnische; der Dom ist viel weniger kölnisch als andere Kirchen; nicht einmal als Bischofskirche ist er in der Stadt so richtig warm geworden. Jahrhundertelang herrschte Streit zwischen Köln und seinem Bischof; Schlachten wurden geschlagen, Listen ersonnen, Bannflüche in Rom erwirkt, Priester und Sakramente der Stadt entzogen; und meistens ging es um Geld, Besitz und Privilegien. Die meisten Kölner Bischöfe waren immer mehr Fürst als Bischof, und ein Fürst bedeutet fast immer: ein verschuldeter Fürst. Erst seitdem die Bischöfe keine Fürsten mehr sind, herrscht Verträglichkeit zwischen Stadt und Bischof; diese Verträglichkeit ist erst einhundertfünfzig Jahre alt und nicht frei von einer gewissen Ironie; man weiß es genau: Es gibt keine Streitobjekte mehr, keine, die so handgreiflich wären wie die guten kölnischen Thaler. Seit einhundertfünfzig Jahren erst wohnt der Bischof wieder in der Stadt; alle Hirtenschreiben und Predigten haben seitdem einen versöhnlichen, fast werbenden Ton, und das in einer Stadt, wo fast zwanzig Prozent der Katholiken ihre kirchlichen Pflichten erfüllen; der Bischof wohnt noch nicht lange genug mitten in der Stadt, und seine Kirche, der Dom, liegt so ungünstig, ein wenig erhöht, von riesigen Hotels umgeben, am Bahnhof, an der zugigsten Stelle der Stadt, die wahrscheinlich schon die römischen Wachposten ihrer Zugigkeit wegen verflucht haben. Ins imaginäre Stadtwappen würde der Dom noch nicht reingehören, würde er nicht passen. Sankt Gereon würde sich gut ausmachen: Märtyrerkirche, Meutererkirche: Ein gegen Rom rebellierender Thebäer gab ihr den Namen, und das architektonische Hauptmerkmal von Sankt Gereon hat einen heimatlich klingenden Namen: Dekagon. Ein kleines Ohr, einen winzigen Mund, Sankt Gereon ins imaginäre Wappen; dazu einen halben Bischofsstab, und als letztes der kirchlichen und religiösen Embleme ein Madonnenbild. Auf vielen Plakaten strapaziert, in allen Broschüren abgedruckt, sind sie doch unverbraucht und typisch: die Trümmermadonna und ihre Schwester auf dem Lochnerschen Bild. Aus dem uralten Adel des Vulgus, von unten, oder von oben aus dem städtischen Adel tauchen sie immer wieder auf; in der Straßenbahn, hinterm Steuer des Sportkabrioletts; verkaufen Lippenstifte bei Woolworth, lauschen einem Vortrag über Existenzialismus, sind nicht zahlreich und doch vorhanden: diese Gesichter, die so kölnisch sind; die steinerne ein wenig mokant, und doch: ganz Madonna, die andere sanfter, freundlich und auch: ganz Madonna.

Ohr, Mund, Gereon, Bischofsstab und Madonna, das wären der kirchlichen und religiösen Embleme genug. Es fehlen die weltlichen: ein Versicherungsgebäude oder ein Bankhaus. Daneben unbedingt zwei Hände, die eine die andere waschend; mag's überall Kompromisse geben, Gentleman's Agreement, Aufeinanderabstimmen, Korruption, Bestechung – der Klüngel ist doch etwas anderes, er ist die kölnische Form des »Seid nett zueinander«; wenn jemand auf nette Weise ein Brot verlangt und du kannst es ihm nicht geben, du hast sogar die Macht und das Recht, es ihm zu verweigern – dann gib ihm drei Scheiben Brot; wirft er sie dir vor die Füße, besteht auf seinem ganzen Laib Brot, dann ist er eben nicht nett – und nicht kölnisch; uralte Bürgerweisheit, daß er wahrscheinlich von den drei Scheiben überrascht und überwältigt wird. Über den beiden Händen, die eine die andere waschend, müßte der Grielächer schweben, jene Person, deren Hand einmal wäscht, ein andermal gewaschen wird; der Grielächer nimmt nichts ernst, auch nicht, was ernstgenommen zu werden verdiente; für ihn wird alles zur Variation einer Karnevalssitzung: Männergesang und Frauenrecht, Schulreform und Deportation; alles ist ihm nur Anlaß, Witze zu erzählen und allgemeine Nettigkeit zu fordern; er weiß, daß nichts so heiß gegessen wird, wie es gekocht wird; deshalb kocht er gleich lau und kommt nie in Gefahr, sich den Mund zu verbrennen; er könnte – so zwischen den beiden

Händen schwebend – ein vulgäres Gesicht haben, patrizisch gekleidet sein, zwinkernde Augen wie Schäl, eine kreislaufgestörte Nase wie Tünnes haben; zarte Hände und plumpe Füße, oder umgekehrt; er hat einen Horror vor dem Geistigen, der ihn manchmal sogar seine Ureigenschaft, den Humor, vergessen läßt; wenn ein Grielächer ernst wird, wird es ungemütlich: Er hat seinen Urfeind, den Geist, gewittert und ahnt, daß Unnettes unvermeidlich wird – und wenn es unnett wird, ist Köln nicht mehr Köln, und wohin sollte man sich als tumbes Brüderlein dann wenden? Grielächer ist unübersetzbar.

Damit wären noch lange nicht alle Ingredienzen aufgezählt, die das Kölnische zu einem wahren Eigenschaftswort machen, das beansprucht werden kann, eine Vokabel ganz besetzt zu halten. Der Rhein gehört natürlich dazu, Fabriken, Vororte, römische Mauern. Obwohl es Gefängnisse in jeder Stadt gibt – und in einigen den Rhein, die römischen Mauern und die Brücken, Vororte –, wäre das Stadtgefängnis am Klingelpütz doch noch als typisch zu nennen; es ist häßlich und doch vertraut, es ist ständig überfüllt, längst nicht mehr up to date, und doch erfüllt der Plan eines Neubaus die gegenwärtigen, die ehemaligen und die potentiellen Insassen mit einer gewissen Trauer; was die Fachleute Kriminalität nennen, ist in Köln, aus bislang ungeklärten Gründen, so verbreitet, wie es ansonsten nur in Hafenstädten verbreitet ist. So bezeichnet der Ausdruck »Er sitzt im Pütz« eher einen Unglücks-, nicht immer einen Trauerfall, und die Anzahl der Kölner, die den »Pütz« von innen kennen, ist so groß (ich werde mich hüten, hier Zahlen zu nennen), daß man getrost von einer gewissen Vertrautheit sprechen kann. Ob so viele Kölner den Dom von innen kennen wie den Klingelpütz? Ich will mich bemühen, nett zu bleiben. Sicher ist, daß der

Gefängnispfarrer die Pfarre mit der höchsten Kirchgängerquote im gesamten Erzbistum hat. Da sitzen sie nun, die das komplizierte Instrument Klüngel nicht zu benutzen verstanden, deren Unnettigkeit aktenkundig werden mußte.

Vielleicht wäre ein kleines Gitter, das viele Deutungen zuließe: Parkgitter, Rheingitter, Gefängnisgitter, als zusätzliches Moment in meinem imaginären Stadtwappen angebracht.

Hanns-Josef Ortheil *Antrittsbesuch*

Wenn man den Bahnhof verläßt, steht man direkt vor dem Dom, und ich denke mir, das ist zuviel für Lo und Lu, sie wollen nicht sofort nach ihrer Ankunft in Köln hinein in den Dom. Im Zug war vom Dom zwar schon eine Weile die Rede, wie er überhaupt schon lange Zeit in unseren Gesprächen auftauchte, aber jetzt, unmittelbar nach der Ankunft, überrascht und erschreckt er einen dann eben doch. Ich gehe also mit den beiden zunächst außen herum um den Dom, daß dies eine zugige Ecke ist, hat schon mein Großvater gesagt, und es stimmt noch immer, obwohl mein Großvater schon lange tot ist.

Fast alle meine inzwischen verstorbenen Verwandten sind in ihrem meist recht langen Leben immer wieder nach Köln gefahren, und die lebenden machen es ihnen unaufhörlich nach, unsere gesamte, sehr große Sippschaft fährt nach und trifft sich seit Jahrhunderten in Köln, es ist nicht zu erklären, warum das so ist, vielleicht tragen wir alle eine Art Trieb mit uns herum. Wenn wir eine Weile nicht in Köln gewesen sind, beginnt die Köln-Sehnsucht an unserer Seele zu ziehen. Irgendwo in der Ferne gehen wir dann ein Kölsch trinken und verderben uns dabei furchtbar den Magen, weil man Kölsch nur in Köln trinken kann.

Heute statte ich mit Lo und Lu unseren Antrittsbesuch in Köln ab, ich habe mir vorher genau überlegt, welche Route ich beim ersten Mal wähle, denn es kommt beim ersten Mal natürlich darauf an, ihnen den Köln-Virus so einzuimpfen, daß er sie infiziert für ihr ganzes Leben. Hinter dem Dom befindet sich der Heinzelmännchen-Brunnen, damit will ich anfangen, statt sofort mit dem Dom aufzutrumpfen, den wir jetzt im Rücken haben, noch immer nahe genug. Die Heinzelmännchen-Geschichte ist Lo und Lu durch unsere abendlichen Gedicht-Lektüren seit langem bekannt, hier in der Nähe des Brunnens gewinnt die ganze Geschichte aber noch einmal an Leben, denn plötzlich steht Schneiders Weib nahe vor einem und hält sich die Laterne vors schöne Gesicht.

Seit ich das Gedicht wieder ausgegraben und Lo und Lu vorgelesen habe, bin ich von ihm erneut sehr angetan. Seinen wilden und geradezu avantgardistischen Wort-Mischmasch hatte ich völlig vergessen, jedes Mal, wenn ich ihn jetzt rezitiere, komme ich dabei in Schwung, es ist, als hätte sein Autor August Kopisch, hinter dessen Namen ich ein absolut sonderbares und rares Lyrik-Talent vermute, eine Art Kölsch-Lyrik verfaßt, so leicht und obergärig schäumt seine lyrische Sprache.

Am liebsten würde ich diesen kühnen Vergleich bei einem Glas Kölsch weiter durchdenken. Die Gelegenheit dazu ergäbe sich gleich neben dem Heinzelmännchen-Brunnen im Brauhaus Früh, dessen hohes Eingangsportal längst geöffnet ist, auch die Tür zur Kölsch-Schwemme gleich am Eingang steht offen, und man blickt hinein in einen dunklen und durchfeuchteten Kölsch-Magen, der unaufhörlich mit frischgezapftem Kölsch gefüllt wird.

Das Brauhaus von Peter Josef Früh war für viele aus unserer Familie manchmal das einzige Kölner Ziel, wenn sie auf Durchreise waren und zum Umsteigen vielleicht eine halbe Stunde Zeit hatten. Vom Bahnhof aus braucht man genau einhundertdreiundvierzig Sekunden zum »Früh«, man postiert sich nahe dem Eingang in der Schwemme und umspielt mit der Zunge durstig die Lippen, dann hält man das erste Glas Kölsch sofort in der Hand.

0,2 l Kölsch trinkt man in etwa acht, neun Sekunden, alles längere Trinken, Kosten oder Absetzen des Glases hat mit richtigem Kölsch-Trinken nichts zu tun, ein Kölsch kann seine besondere Wirkung nur entfalten, wenn man es in einem Zug trinkt.

Hat man für das Umsteigen in Köln also eine halbe Stunde Zeit, dann bringt man es im »Früh« doch auf etwa sechs bis acht Kölsch, den Rückweg zum Bahnhof nimmt man quer durch den Dom und schafft ihn, auch wegen des besonderen Antriebs, den das Kölsch verleiht, dann in genau einhundertdreißig Sekunden.

Ich könnte mich vom Heinzelmännchen-Brunnen aus also sehr bequem ins »Früh« treiben lassen, schon in einer knappen Viertelstunde brächte ich es dort auch zu einem halbwegs befriedigenden Genuß. Ich bin aber noch nicht sicher, wie Lo und Lu auf solche Köln-Rituale reagieren, sie könnten wie der Dom auch etwas Erschreckendes haben, und deshalb bleibe ich vorerst bei Kopischs Versen und lasse die Männlein kommen, die klappten mit Beilen und schnitzten an Speilen und spülten und wühlten und mengten und mischten und stopften und wischten ... – so geht das ja Zeile für Zeile, immer toller, es ist Kölsch-Lyrik, ich sagte es schon. Hinter uns, auf der Domplatte, rappelt aber jetzt pünktlich eine kleine gelb-grüne Bahn heran, es ist der Zoo-Express oder der Schokoladen-Express, der Schokoladen-Express ist mir übrigens lieber, weil er ein Stück durch die Altstadt und dann am Rhein entlangfährt und ich außerdem nicht schon wieder in einen Zoo gehen will. Heinzelmännchen-Brunnen und Schokoladen-Express hintereinander sind ein großer Erfolg, es handelt sich um eine beinahe paradiesische Reihung, und Lo und Lu wundern sich, daß es eine Stadt gibt, deren große Brunnen

Kindergedichte erzählen und deren kleine Bahnen Kinder am Rhein entlang direkt zu einem Schokoladen-Museum fahren. Obwohl das Brauhaus »Früh« keine dreißig Schritte entfernt liegt, setze ich mich doch zu Lo und Lu in den Schokoladen-Express, der richtige Köln-Aufenthalt, halte ich hier aber einmal fest, beginnt aber weder mit einem Brunnen noch mit sonst einem architektonischen Detail, sondern ausschließlich mit mindestens drei schnell getrunkenen Kölsch, es ist übrigens wichtig, daß man sie wirklich schnell trinkt und sich nicht anstiften läßt, sehr viel mehr als genau drei Stück zu trinken, deshalb trinkt man übrigens schnell, das Schnelltrinken läßt einen nicht Kölsch-seßhaft werden, sondern schiebt einen nur an für die weiteren Kölner Geschäfte. Während ich mit Lo und Lu im Schokoladen-Express zum Rhein schaukle, denke ich daran, daß ich heute noch kein einziges Kölsch getrunken habe, ein oder zwei hätte ich mir ruhig erlauben dürfen, denke ich weiter, ich hätte die Kinder am Heinzelmännchen-Brunnen spielen lassen und aus der Schwemme des »Früh« heraus ein Auge auf sie werfen können, leider fällt mir so etwas erst jetzt ein, als es zu spät ist, ich sitze ja schon längst im Schokoladen-Express.

Noch nie, denke ich, während der Zug weiterrumpelt, habe ich einen so seltsamen Köln-Einstieg gewählt. Auf den Heinzelmännchen-Brunnen habe ich früher höchstens einen flüchtigen Blick geworfen, und den Schokoladen-Express habe ich bisher eher als etwas Lästiges und vor allem Häßliches wahrgenommen, auf der grauen Domplatte wirkt sein Gelbgrün wie ein greller Farbfleck, und wenn dazu noch seine aufdringlich helle Glocke geläutet wird, die vor dem Hintergrund der schweren und gravitätischen Domglocken ja nur noch lächerlich wirkt, wendet man sich als Erwachsener endgültig von so einem Scheusal ab.

Ich habe auch nicht gern, wenn mir jetzt, mitten auf der Fahrt, eine penetrante Stimme mein Köln erklärt, niemand soll mir sagen, daß wir den Alten Markt passieren, das weiß ich selbst, ich wehre mich gegen dieses Touristen-Vokabular, ich bin hier kein Tourist, am liebsten risse ich mir das Hemd auf, um allen meine Köln-Wunden und mein Köln-Herz zu zeigen, doch bevor ich davon zu erzählen beginne, fange ich selbst über die Umgebung zu sprechen an, zwei Stimmen kämpfen nun gegeneinander, doch Lo und Lu möchten die fremde Köln-Stimme hören, weil sie die noch nicht kennen.

Im »Früh« hätte ich jetzt bereits meine drei Köln-Begrüßungs-Kölsch getrunken, fällt mir ein, ich möchte wissen, wann ich endlich dazu komme. Im Schokoladen-Museum, denke ich, jedenfalls nicht, obwohl es dort auch Kölsch gibt. Man kann aber in der Nähe von so viel massiver Schokolade kein Kölsch trinken, es verliert seinen Geschmack, das weiß ich, und während Lo und Lu ins Schokoladen-Museum hineinlaufen, denke ich noch, hoffentlich bestehen sie nicht auf einer Führung.

Im Foyer des Museums gibt es aber eine Einkaufsabteilung, und Hunderte von Schokoladentafeln, die viel dicker und schwerer als sonst in Geschäften sind, liegen zu komplizierten Türmen aufgebahrt neben- und übereinander, ganz zu schweigen von den rundturmartigen Hochbauten, in denen lauter bunte Süßigkeiten wie Pralinen oder Geleesorten lagern, ich nehme, wenn überhaupt, meist nur drei, vier kleine Schaummäuse, das kommt heute aber überhaupt nicht in Frage, weil ich meine Begrüßungs-Kölsch noch nicht getrunken habe und ich diese Kölsch nach dem Genuß von drei weißen Schaummäusen nicht mehr werde trinken können, die Gründe dafür habe ich schon exakt dargelegt.

Lo und Lu aber machen diese Türme und Hochbauten einen ganz unsinnigen Spaß, sie laufen mit kleinen Schaufeln umher und schütten die frische Ware in große Tüten, während ich hinter ihnen hereile und ihnen das Verderbliche und Gesundheitsschädliche der frischen Waren erläutere. Lo und Lu aber erwidern nur, sie wollten all die Süßigkeiten ja keineswegs essen, sondern einfach nur mitnehmen, weil sie so schön bunt seien und sich daher zum Spielen eigneten.

Nachdem wir für zwei große Tüten bezahlt haben, gehen wir zu Fuß zurück; noch einmal fahre ich nicht mit diesem Schokoladen-Express und erkläre das auch. Lo und Lu ist das im Augenblick recht, mit ihren zwei großen Tüten laufen sie am Rhein entlang, man kann sich die schweren Schiffe anschauen oder den Rheinbagger, der Sand und Kies aus den Tiefen des Flusses holt.

Lauter Spielwiesen und Klettermöglichkeiten gibt es am Rhein, ich setze mich immer wieder hin und warte auf Lo und Lu und erörtere in Gedanken, wo ich noch meine Begrüßungs-Kölsch trinken könnte, Peters Brauhaus ist jetzt sehr nah und auch das Brauhaus Sion ist gar nicht weit, aber bisher habe ich stets im Brauhaus Früh angefangen, und solche Rituale soll man nicht mutwillig außer Kraft setzen.

Den halben Vormittag, bemerke ich mit einem Blick auf die Uhr, haben wir nun für Heinzelmännchen-Brunnen, Schokoladen-Express, Schokoladen-Museum und Rheinufer verbraucht, es ist kaum zu fassen, wie die Zeit vergeht, wenn man die Ausgestaltung vor allem Lo und Lu überläßt. Bis zum Mittag möchte ich ihnen noch etwas aus der Römerzeit zeigen und zumindest einige Schritte in den Dom gemacht haben, Lo und Lu haben aber in der Ferne, nahe der Zoobrücke, eine Gondelbahn entdeckt, und genau dorthin wollen sie jetzt, so daß ich einigen Widerstand brechen muß, bis ich sie vom Rheinufer weglotsen kann.

Wir werden mit einem Taxi zur Gondelbahn fahren, zu Fuß ist das viel zu weit, erkläre ich und gehe voran, als gingen wir schnurstracks zu den Taxis, die ja nicht am Rheinufer, sondern in Domnähe warten. Ich weiß, daß die Gondelbahn-Idee jetzt eine große Macht in Los und Lus Gedankenwelt hat, es wird sehr schwer werden, sie ganz davon abzubringen, aber ich will es versuchen, sonst werden wir nie in die Römerzeit gelangen und den Dom nicht einmal betreten, ganz zu schweigen davon, daß ich nicht an meine Begrüßungs-Kölsch kommen werde, die am Mittag übrigens schon erheblich fader schmecken als am frühen Morgen.

In der Nähe der Domplatte gibt es eine alte römische Hafenstraße, für den Anfang ist das Römerzeit genug, denke ich, in den kommenden Jahren werden Lo und Lu dann alle Einzelheiten kennenlernen, das ganze Römisch-Germanische Museum, Mosaik für Mosaik und Grabstein für Grabstein, ein richtiger Kölner kennt ja selbst die lateinischen Grabinschriften auswendig.

Bei unserem Kölner Antrittsbesuch aber soll uns die römische Hafenstraße genügen, sie besteht aus großen Basaltsteinplatten mit sehr breiten Fugen, über die nie im Leben ein römisches Fuhrwerk gefahren sein kann. Lo und Lu aber gefallen die großen Platten und die breiten Fugen, sie können von Platte zu Platte auf einem Bein hüpfen, und wer mit dem anderen aufkommt, hat schon verloren. In der Nähe ist auch ein kleiner Brunnen, da fließt sogar Wasser, für einen Moment erinnert mich das an die unzähligen Brunnen Roms, und ich denke daran, daß es längst höchste Zeit ist, mit Lo und Lu zusammen nach Rom zu fahren.

Fast glaube ich, die Gondelbahn mit den schönen Gondeln über dem Rhein aus Los und Lus Gedankenwelt verdrängt zu haben, da sieht Lo einen Taxistand gleich in der Nähe. Bevor wir zur Gondelbahn fahren, sage ich rasch und bestimmt, wollen wir den lieben Gott noch im Dom besuchen, wir können nicht den ganzen Tag in Köln verbringen, ohne einen Schritt in den Dom getan zu haben.

Das verstehen Lo und Lu seltsamerweise, ich nehme Lo links und Lu rechts an der Hand, und dann treten wir zum ersten Mal ein in den Dom, es ist ein feierlicher Moment, und ich gebe zu, daß ich aufgeregt bin und mein Herz spürbar klopft.

Wie oft bin ich schon im Dom gewesen, die ersten Kinderjahre fast jede Woche, und da es meist eisig kalt war im Dom und die Kälte des hohen Mittelschiffs einen am Eingang besonders schneidend befiel, begann man als Kind nach dem Eintreten meist rasch zu laufen. Ich lasse Lo und Lu los und will ihnen etwas erklären, daß sie hinaufschauen zu den Fenstern und zum hohen Gewölbe, da laufen sie aber schon los, wie an der Schnur gezogen, rasen sie durchs rechte Seitenschiff, und ich höre einen der Domschweizer im roten Gewand einen empörten Satz ausspucken von der Art, die ich schon als Kind oft zu hören bekam, als ich selber losraste.

Das Rasen durchs rechte Seitenschiff endet vor der Marienkapelle, in der sich Stefan Lochners Altar der Kölner Stadtpatrone befindet, es handelt sich, wie ich freilich Lo und Lu jetzt noch nicht erklären kann, um ein Allerheiligstes des Kölner Weltbürgertums, um ein Kleinod der ältesten Köln-Legenden, um ein dreiflügeliges Altarbild, das der richtige Kölner bis ins Muster der Brokatvorhänge auf der Darstellung der Verkündigung der frohen Botschaft an die Jungfrau Maria kennt.

Erklären kann ich Lo und Lu aber immerhin, daß in der Mitte des Hauptbildes gut sichtbar Maria mit dem Jesuskind sitzt und die Heiligen Drei Könige sie gerade besuchen, um ihr Geschenke zu bringen, und daß links die heilige Ursula mit ihren Gefährtinnen zuschaut und rechts der heilige Gereon mit seinen Gefährten, und auf dem grünen Wiesenstück des Bodens blühen die seltensten Blumen, einige winzige Engel kreisen wie Fledermäuse um die Köpfe der Hauptfiguren, und zwei der winzigsten Engel halten hinter Maria wieder einen Vorhang aus kostbarstem Brokat.

Ich müßte jetzt weitermachen und erklären, warum die heilige Ursula und der heilige Gereon auftreten, ich müßte also ihre Geschichte erzählen, das erscheint mir im Moment aber einfach zuviel, Lo und Lu wollen weiter, zum Schrein der Heiligen Drei Könige, über den will ich auch noch etwas sagen, und Lo und Lu dürfen ihn durch ein kleines Fernglas genauer betrachten.

Während ich ihnen aber noch von den Heiligen Drei Königen erzähle und davon, wie sie nach Köln gekommen sind, bemerke ich, auf welch unsicherem Fundament meine Erzählungen stehen. Kunsthistorisch mag alles einigermaßen stimmen, theologisch dagegen stoße ich immer wieder auf Lücken, was, wie ich weiter bemerke, vor allem daran liegt, daß ich nicht richtig aushole, ich erzähle vom lieben Gott, der Maria und dem Jesuskind seltsam fragmentiert, als wollte ich bestimmte Details noch für mich behalten.

Welche Details willst du warum für dich behalten, frage ich mich, neben dem Schrein der Heiligen Drei

Könige stehend, den Lo und Lu gerade bestaunen, was sind das für geheime Geschichten, um was geht es da?

Es hat, ahne ich zumindest, mit den großen religiösen Themen zu tun, ich muß darüber nachdenken, ob und wie ich sie Lo und Lu einmal erzähle, soll ich mit all diesen Glaubensfundamenten herausrücken, oder soll ich dieses früheste und älteste Wissen meiner eigenen Kölschen und damit natürlich katholischen Kindheit bis auf weiteres für mich behalten? Neben dem Schrein der Heiligen Drei Könige im Kölner Dom stehend, bemerke ich also, daß ich mich vor einigen sehr wichtigen und jetzt brennenden Fragen bisher gedrückt habe: Soll ich Lo und Lu so etwas wie den Glauben an Gott in allen Einzelheiten, stückweise oder in kleinen Mengen überliefern, oder soll ich es ganz bleiben lassen, bis sie alt genug sind, solche Glaubensfragen allein zu durchdenken? Und, einmal angenommen, ich überlieferte ihnen den Glauben an Gott, wie weit soll oder muß ich dann gehen, bis in alle Details, bis zur Jungfrauengeburt und zur Auferstehung und bis zum Glauben an das ewige Leben?

Mein Gott, ich hätte das früher durchdenken müssen, sage ich mir jetzt, ein bloßes Herumstehen vor dem Altarbild von Stefan Lochner führt ja kaum weiter, wenn nicht genau geklärt ist, was die heilige Ursula und den heiligen Gereon mit dem Glauben an Gott genau verbindet, von der Geschichte der Heiligen Drei Könige und dem unruhigen Zug ihrer Knochen über die Alpen hierher schweige ich einmal ganz. Fürs erste, finde ich, haben Lo und Lu im Dom genug gesehen, einen ersten Eindruck haben sie wohl schon empfangen, »empfangen« ist seltsam, wie kommst du auf diese Vokabel, frage ich mich, »einen ersten Eindruck empfangen« scheint mir sehr katholisch zu sein, was ist das, denke ich, fange ich schon an, katholisch zu denken?

Zwölf Uhr, Mittagszeit, sehe ich nach einem Blick auf die Uhr, und dann spreche ich von meinem Hunger und daß ich Durst habe, furchtbaren Durst, und freue mich über meinen kleinen Erfolg, denn auch Lo und Lu haben Hunger und melden, daß sie Durst haben, furchtbaren Durst.

Zum Glück, liebe Kinder, sage ich, ist das Brauhaus Früh ganz in der Nähe. Wir werden dort etwas essen und trinken und uns ein wenig ausruhen.

Und danach fahren wir weiter zur Gondelbahn, freut Lo sich schon im voraus.

Und danach sehen wir weiter, sage ich und nehme Lo links und Lu rechts und steuere auf das Brauhaus Früh zu, das zu dieser Stunde noch einige Tische frei hat, sehr schöne, einfache, blankgescheuerte Brauhausholztische.

Zwei Kölsch, bestelle ich, und zwei Apfelsaftschorlen. Zwei Kölsch, fragt der Köbes, kommt noch jemand? Zwei Kölsch, sage ich, für jedes Kind trinke ich eins. Verstehe, sagt der Köbes, muß ich mir merken, ich habe nämlich vier Kinder.

Kaum eine Minute später ist alles da, die zwei Kölsch und die zwei Apfelsaftschorlen, und kaum zwei weitere Minuten später habe ich beide Kölsch auch schon getrunken. Leider kann ich Lo und Lu nicht erklären, welche Seligkeit es bedeutet, ein oder zwei Kölsch zu trinken, denke ich, vielleicht sehen sie es mir ja auch einfach an, ja, sie werden schon merken, wie selig ich bin. »Selig« ist wieder reichlich katholisch, jetzt nimmt das Katholische dich langsam in Beschlag, denke ich weiter und bestelle etwas gut Kölsches zu essen, Himmel un Äd und halven Hahn, all diese Kölschen Spezialitäten und Leckereien, die umständlich zu beschreiben und jedem Hänneschen zu erklären ich jetzt, nach einigen weiteren Kölsch, einfach nicht mehr bereit bin.

Die Hauptsache ist auch, daß es Lo und Lu schmeckt, wir probieren und kosten, und ich trinke noch einige Kölsch, bis die Seligkeit mich so übermannt hat, daß ich nicht mehr an meinen Aufbruch zur Gondelbahn glaube.

Ich sollte das große Thema der theologischen Offenbarung nicht von mir wegschieben, ich sollte es klären, sofort, sage ich mir und gerate ein wenig ins Grübeln. Wo sollte ich einem solchen Thema aber gründlicher nachgehen können als hier in Köln, in der Nähe des Doms, wo sollte ich eher zu einer Lösung gelangen? Ich werde hier sitzen bleiben, genau hier, an dieser historischen Stätte, und ich werde die theologischen Fragen zu lösen versuchen, und wenn ich fünfzig Kölsch dafür brauche, denke ich endlich und weiß plötzlich auf einmal genau, was ich als nächstes tun muß ...

Nach unserer ersten gemeinsamen Mahlzeit im Brauhaus Früh habe ich eine Kölner Verwandte angerufen, die schon lange einmal etwas mit Lo und Lu unternehmen wollte. Ich habe sie gefragt, ob sie Zeit und Lust habe, den beiden die Gondelbahn an der Zoobrücke zu zeigen und eine Gondelbahnfahrt mit ihnen zu machen, einmal hin, einmal zurück. Und dann haben wir am Taxistand auf die liebe Verwandte gewartet, und als die drei sich auf den Weg gemacht hatten, bin ich zurück ins Brauhaus Früh gegangen, um die theologischen Fragen bei einigen weiteren Kölsch zu durchdenken.

Anders als erwartet fuhr die Bahn nun ziemlich langsam, über lange Strecken zudem auch unter der Erde. Viele Gesichter sah ich einsteigen, viele andere aussteigen. Wer saß, blätterte in einem Buch, scrollte sich durch Facebook oder machte vielleicht ein Selfie. Wer stand, schaute aus dem Fenster, hielt sich an den Plastikgriffen fest, die von der Decke hingen, oder lehnte sich an die Wand, die Füße aus Angst vor einem unvermuteten Halt oder plötzlichen Anfahren der Bahn fest in den Boden gestemmt.

Ich beobachtete dies alles ganz genau und sehr konzentriert und versuchte den Leuten abzuschauen, wie sie sich im Zug verhielten, denn ich war nun auch hier und würde mein ganzes restliches Leben oder zumindest bis auf Weiteres mit solchen Bahnen fahren.

Ich sah, wie sie die Griffe umklammert hielten und, wenn der Wagen wackelte, plötzlich ihre Finger bewegten. Ich achtete auch auf ihre Gesichter und wie sie lächelten, wenn jemand vorbei wollte, um auszusteigen oder sich auf einen frei gewordenen Platz zu setzen.

Ich prägte mir genau ein, wie sie wütend oder ärgerlich wurden, wenn der Zug zu lange im Bahnhof stehen blieb, weil entweder sehr viele Leute aus- oder einstiegen oder weil manche, genau wie es der junge Mann in der ersten Bahn für uns getan hatte, mit Füßen, Händen oder dem ganzem Körper die Türen für einen noch herbeieilenden Fahrgast offenhielten.

Irgendwann stand ich von meinem Sitz auf und lief durch den Wagen, hielt mich dabei an den Metallgriffen so fest wie die anderen und bewegte wie sie die Finger nach oben und unten, wenn der Zug schlingerte oder sehr schnell fuhr. Ich erfuhr, wie es ist, sich in einer Bahn, die die ganze Zeit über schwankt, festzuhalten. Anschließend lehnte auch ich mich mit dem Rücken gegen die Wand und steckte meine Hand in die Tasche, ganz so, wie ich es bei einem jungen Mann beobachtet hatte, der vor Kurzem ausgestiegen war.

Absichtlich versperrte ich den Weg zwischen den Sitzen, um hinter mir zu hören, wie jemand mich bat vorbeizudürfen und lächelte dann genau wie diejenigen, bei denen ich dies gerade beobachtet hatte.

Nach diesem kleinen Training in deutschem S-Bahn-Verhalten kehrte ich zu meinem Sitz zurück, schaute aus dem Fenster nach unten, versuchte die Fabrikate der vorbeifahrenden Autos zu erraten und las die Straßennamen und Geschäftsschilder.

Die Straßen waren voller Leute, die Sonne schien, der Zug fuhr oberhalb der Erde, und Hussam zählte laut die Stationen mit, an denen wir vorüberkamen, denn an der neunten mussten wir aussteigen, so hatten wir berechnet. Dort angekommen, gingen wir noch fünf Minuten zu Fuß, bis wir zu einer halbhohen Mauer mit einem großen Tor kamen. Dahinter sahen wir, umgeben von einem weitläufigen Garten, das zweistöckige Gebäude unserer neuen Unterkunft.

Wir traten ein. Die Atmosphäre in den Unterkünften kannte ich mittlerweile in- und auswendig. Alles war mir bereits geläufig, die Aushänge an den Wänden, die Vorschriften in sämtlichen Sprachen, die Erinnerungen, die die Flüchtlinge auf die Türen gekritzelt hatten. Dass mir all dies so wohlbekannt war, erfüllte mich mit Angst. Es rief die Geschichten von Gefängnissen und Haftanstalten wieder in mir wach, all das, was mein Onkel mir nach seiner Entlassung aus dem Gefängnis erzählt hatte, die Möglichkeiten, nach denen der Mensch dort greift, um seine Leiden zum Ausdruck zu bringen, sein Leben, das ohne sein Zutun zu einem Teil jenes Ortes geworden ist. In diesem Camp in meinen ersten Tagen in Köln wollte ich gar nicht rausgehen. Ich wollte nach der langen Zeit des Umherziehens einfach einen ruhigen Ort, an dem ich mich zu Hause fühlen konnte. Hier konnten meine Tasche, die auch immer wieder ein- und ausgepackt worden war, und ich eine Weile Ruhe finden. Ich kannte nichts von der Stadt. Ich kannte nur diese Straße, in der meine Unterkunft lag. Außerdem kannte ich den Weg mit der Straßenbahn zur Ausländerbehörde in Kalk, wohin ich ein- bis zweimal in der Woche fahren musste, um verschiedenste Papiere zu erhalten und zu unterschreiben.

Nach und nach bin ich tiefer in die Stadt hineingekommen. Zuerst bin ich durch mein Viertel gegangen, habe die Leute betrachtet, habe versucht, in den Gesichtern der Menschen zu lesen und mir ein Bild von der Gesellschaft und ihrem Leben zu machen. Manchmal setzte ich mich an die Haltestelle, saß einfach mit einem Buch da, für zwei oder drei Stunden, einfach, um die Situation des Haltens der Bahn und des Aus- und Einsteigens der Menschen zu sehen. Zwischen mir, der Straßenbahn und ihren Schienen stellte sich eine Verbindung her. Ich habe oft gedacht, wie leicht es gewesen wäre, wenn ich einfach mit einer Straßenbahn aus dem Krieg an einen sicheren Ort hätte fliehen können, ohne durch all die Länder und all die Gefahren zu laufen.

Es wäre doch besser für all die Leute, die über das Meer versuchen, zu einem sicheren Ort zu kommen, und von denen letztlich viele die Sicherheit nie erreicht und ihr Leben im Meer verloren haben.

Die Linie 16 kam an, mein Unterbewusstsein hieß mich einzusteigen, und ich setzte mich ans Fenster. Ich fuhr einfach mit, ohne Ziel. An irgendeiner Station stieg ich aus, vielleicht, weil mir die Struktur der Station gefiel. Ich berührte die Fliesen und analysierte deren Beschaffenheit. Und als die nächste Straßenbahn kam, stieg ich ein und fuhr weiter, es war unwichtig, ob hin oder zurück. So lernte ich die Stadt langsam kennen, verstand ein Stück der Gesellschaftsstruktur, und ich begann, die Stadt zu lieben, insbesondere, als ich zufällig den Rhein entdeckte.

Ich war überrascht, hier die beiden Ufer zu sehen, genau wie am Euphrat. Die kleinen Wellen sehen genauso aus wie die Wellen des Euphrat, und auch die Brücken erinnern mich an den Fluss meiner Heimatstadt. Die großen und kleinen Steine sehen aus wie die an dem kleinen Strand nahe Al-Mansoura, wo ich damals ausgegraben habe. Ich mag Köln, ich bin am Euphrat. Ich bin am Rhein. Ich mische mich mit ihm. Ich lebe hier und will hier wie alle anderen weiterleben.

EM HILLIJE KÖLLE

Margot Scharpenberg *Kölner Dom*

Die Werbung perfekt
gleich neben dem Bahnhof
zwischen zwei Zügen der Dom

das Wunder wurde
längst säkular
der Bädekertext spricht in Zungen

jeder
verleiht seinen
eigenen Stern

ein Lob für Licht
aus farbigen Gläsern getrunken

ein Lob für Lichtungen
quer
durchs Dickicht der Pfeiler gehaun
da rollt man die Orgel-
klänge entlang
und feiertäglich die Massen

auch Tote
nimmt man in Kauf

erhöht im Goldschrein
Dreikönige und
mit massigem Körper

der Ungekrönte am Holz

(Gerokreuz
übriggeblieben
aus älterer Zeit
so wie die Beter)

von Ferne nimmt man
nur noch die Geste wahr
Pilgerzeichen
für Kölner und andere

hier
landen die Züge
an diesem windigen
Steinbruch hier
zwischen die fündigen
Trümmer
kehren wir heim

Dieter Wellershoff
Der Dom als Vatergestalt

Er war mir schon ein Begriff, bevor er mir leibhaftig vor Augen stand. Man sprach von ihm wie von einer Sagengestalt: Er war riesenhaft und schön, phantastisch und kostbar, er war populär und einzigartig. Man konnte das sakrale Er auf ihn anwenden wie auf ein Überwesen von herausragender Würde, das es aber erlaubte, mit ihm vertraut zu sein. So wurde über ihn gesprochen, so wurde ich auf ihn vorbereitet. Auch im weiteren Umkreis, und in dem wohnten wir, war seine Gegenwart noch spürbar, wie bei großen herrscherlichen Persönlichkeiten, deren Macht vom Herrschersitz bis zur Peripherie ausstrahlt, so daß sie stets anwesend sind, auch wenn man sie nicht sieht. Er, der Dom, war in meiner Kindheit für mich eine Person, und er ist es auch geblieben.

Ich weiß nicht, wann ich ihn zum ersten Mal sah. Wir wohnten in Grevenbroich am Niederrhein, 33 Kilometer nördlich von Köln, in den dreißiger Jahren ein Landstädtchen von achttausend Einwohnern, umgeben von angrenzenden Dörfern, die heute mit der inzwischen mehr als dreifach so großen Kleinstadt verschmolzen sind. Damals lebte man dort wie auf dem Lande, umgeben von Rübenäckern, Kornfeldern und den Pappelwäldern der Erftniederung. Das war die begrenzte Welt, in der ich aufwuchs. Wenn wir zwei- oder dreimal im Jahr zum Einkaufen in die Stadt fuhren, dann immer nach Neuss oder Düsseldorf, nicht nach Köln. Auch schon diese Stadtbesuche waren etwas Besonderes, ein Ausflug in eine andere Welt, in der es Straßenbahnen und vielstöckige Häuser, große Schaufenster und Lichtreklamen gab, aber nicht dieses phantastisch Andere und Unvorstellbare, das für mich dann der Dom war.

Wie gesagt, ich weiß nicht, wann ich ihn zum ersten Mal mit Bewußtsein sah. Vielleicht vermischen sich in der Erinnerung verschiedene Erlebnisse zu einem einzigen, weil auch das zweite und dritte Davorstehen reine Überwältigungen waren, gegen die kein Vorbereitetsein verfing. Vielleicht muß ich noch dazu sagen: Wir waren protestantisch, aber auch nur der Form nach. Meine Eltern gingen nicht in die Kirche. Ich wuchs völlig unfromm auf, in einem bürgerlichen Pragmatismus, mit Welterklärungsformeln, die zwar auch nur das Nichtwissen der Eltern ausdrückten, aber vorgaben, aus einem fortschrittlichen Bewußtsein zu stammen. »Das ist von der Natur so eingerichtet«, wurde mir erklärt, wenn ich vor unbegriffenen, geheimnisvollen Erscheinungen des Lebens stand, und so blieb ich weiter mir selbst und meinen Träumen überlassen. Und noch in diesem kindlichen Tagtraumalter muß ich den Dom zum ersten Mal gesehen haben. Mein Vater hatte mich an der Hand. Wir standen vor der Westfassade, die Köpfe im Nacken, schwindelig hochstarrend, beide fast gleich klein vor dem Riesenwesen aus Stein, dessen Doppeltürme in den Himmel stießen. War denn das möglich? So hoch? Bis zu den Wolken? Wo nur noch die Vögel hinkamen. Aber auch die waren da oben schon verloren. Wie konnten die Steine bis dort oben hingelangen? Das war nicht von der Natur so eingerichtet, das war ein Bauwerk.

Meine Vorstellungen von Größe sind damals geprägt worden. Etwas Größeres konnte es nicht geben und ist mir auch bisher, trotz Fernsehtürmen und Hochhäusern, nicht vor Augen gekommen. Ich besaß zwar einen kleinen Taschenkalender mit Daten über den Eiffelturm und New Yorker Wolkenkratzer, aber das alles besagte nichts gegen den Eindruck, den der Dom mir gemacht hatte. Und als ich später in der Peterskirche in Rom die in den Fußboden eingelassene Platte fand, auf der steht, daß bis hierhin der Kölner Dom reiche, da besagte das auch nichts. Im Gegenteil, ich fühlte mich enttäuscht von diesem Innenraum. Trotz Bramante und Michelangelo erschien er mir eher wie ein überdimensionaler Bahnhofswartesaal, weitläufig, klotzig und prunkvoll, doch keineswegs überwältigend. Der Dom konnte durch keine spätere Erfahrung mit anderen Bauwerken relativiert werden, weil mir an ihm das Gefühl des Absoluten aufgegangen war. Eher standen alle anderen Bauwerke in Relation zu ihm: Sie waren auch schön, auch großartig, auch bewundernswert, aber er blieb einzigartig und unvergleichbar, selbst dann noch, als ich das kunsthistorische Vergleichen lernte.

Ich wußte wohl, als ich ihn sah, daß er ein Bauwerk war, aber zugleich war der Dom ein lebendiges Wesen. Er stand vor mir als rußiger Riese in einer steinernen Rüstung, reich und doch streng und würdig verziert mit Ornamenten und Figurenschmuck bis oben hin zu den durchbrochenen Turmspitzen und ihren beiden Kreuzblumen. In der unbewußten Bildsprache der Seele war der Dom eine Vatergestalt. Er war der Übervater: mächtig, prunkvoll, herrscherlich, aber gar nicht bedrohend, und vollkommen geistig. Ganz in seiner Nähe gab es damals für mich noch zwei andere magische Bauwerke – die Bahnhofshalle und die Hohenzollernbrücke. Aber sie nahmen einen niedrigeren Rang ein, waren eher mit mythischen Tieren zu vergleichen, die zu Füßen des steinernen Übervaters lagerten und als dienende Fabelwesen seine überlegene geistige Würde erst recht betonten.

In der Bahnhofshalle und auf der Brücke lärmte und dröhnte es. Im Inneren des Doms umfing uns eine hallige Stille, in der Stimmen und Schritte verklangen. Durch die farbigen Fenster kam ein geheimnisvolles, dämmeriges Licht, in dem auch der feste Stein der mächtigen Säulen sanft und lebendig war. Wir gingen durch ein Seitenschiff bis in die Vierung. Und wenn es der erste Besuch war, dann hatte mein Vater mich an der Hand. Oder es war doch ein späterer Besuch. Denn er erklärte mir, daß es eine gotische Kathedrale sei, und zeigte mir die gebündelten Säulen, die spitzbogigen Fenster und die Steinrippen des Gewölbes. Er war selbst Baumeister. Aber bisher hatte ich mit ihm zusammen nur die Baustellen unseres Landkreises besucht, die er zu prüfen und zu genehmigen hatte. Er war aus dem Auto ausgestiegen und mit dem Hut auf dem Kopf, begleitet vom Polier und dem Bauherrn, durch die Rohbauten gegangen und ich, der manchmal mitdurfte, nahm wahr, daß er den anderen sagte, wie alles gemacht werden mußte und wie nicht. Jetzt aber, unter der Vierung, trat eine feierliche, rotberockte Gestalt auf uns zu und sagte zu meinem Vater: »Im Heiligtum nimmt man den Hut ab.« Erschrocken sah ich, daß mein Vater tatsächlich den Hut aufbehalten hatte und ihn jetzt rasch und entschuldigend abnahm. Das hatte er über seinen Architekturerklärungen vergessen. Er war mit dem Hut auf dem Kopf in den Dom hineingegangen wie in eine seiner Baustellen. Nun, mit dem Hut in der Hand, erschien er mir stiller und kleiner und weniger kompetent, und ich konnte merken, daß er von dem Ort seiner Zurechtweisung fortstrebte in den Chorumgang, neben sich mit mir einen verwirrten Zeugen.

Aber der Dom war kein furchteinflößender Potentat. Er nahm alle in sich auf und duldete rings um sich das vulgäre Leben, das heute durch die neue Domplatte noch näher an ihn herangerückt ist. Die Andenkenbuden auf der Nordseite, die planschenden Jugendlichen im Brunnen der Südseite, die Touristengruppen vor dem Westportal, die Rollschuhläufer und Skateboardfahrer auf dem Roncalliplatz, der ununterbrochene Menschenstrom zwischen Hauptbahnhof und Hohe Straße – alles das gehört zu seiner volkstümlichen Majestät, seiner freundlichen Väterlichkeit, die es erlaubt, mit ihm vertraut zu werden und rings um ihn her höchst irdischen Dingen nachzugehen, um dann plötzlich stehenzubleiben und betroffen seine Erhabenheit wahrzunehmen.

Inzwischen lebe ich schon fast zwei Jahrzehnte in Köln und kenne den Dom aus vielen gleichbleibenden, sich wiederholenden und auch aus neuen, veränderten Aspekten. Da ist die berühmte Ansicht von der Deutzer Rheinseite, in der der Dom mit dem Turm von Groß St. Martin einen treuen Vasallen hat. Ich kenne ihn als ferne, graue Silhouette im Dunst der Rheinebene, wie er in der Windschutzscheibe des Autos erscheint, wenn man aus der Eifel, aus Belgien oder aus dem Sauerland kommt. Bei aller Vertrautheit überwältigend wirkt seine nahegerückte Baumasse, wenn man von einer Reise mit der Bahn in die Stadt zurückkehrt und auf den Bahnhofsvorplatz tritt. Da ist er mitten im großstädtischen Getriebe, man ist zu Hause. Und es gibt auch den nächtlichen, beleuchteten Dom, der mit seinen Wimpergen und Fialen, seinem steilen Langhausdach, seinen dunklen Fenstern und den gewaltigen Türmen wie eine geisterhafte Erscheinung grüngrau und vorwelthaft vor dem Nachthimmel steht. Und es gibt den Dom als alltäglichen Zufallsblick aus einem Bürofenster, aus einer Mansardenwohnung, vom

Dach einer Hochgarage aus, meist greifbar nah und gegenwärtig, als wäre alles andere, was bauklotzartig dazwischen sich ausbreitet, zum Übersehen bestimmt, wenn er sich zeigt.

Kann man sich vorstellen, er wäre nicht da? Ja, aber nur mit Schrecken. Es wäre eine innere Beraubung, ein Bildverlust, der einer kollektiven Erblindung nahekäme. Nicht daß es nichts mehr zu sehen gäbe in dieser Stadt. Die kostbaren romanischen Kirchen wären noch da, die Bildersammlungen in den Museen und natürlich das Leben und Treiben der Menschen. Aber der Dom hat noch einen anderen Rang. Ich meine das nicht kunstkritisch und nicht historisch, obwohl auch in diesen Perspektiven sich seine Einzigartigkeit beweisen ließe. Ich glaube vielmehr, daß das geheime Maß für die Größe einer solchen Architektur darin besteht, daß sie die Phantasien der Menschen erweckt und über das Alltägliche hinaushebt. An Bauwerken wie dem Dom geht ihnen auf, was geistige Größe, Schönheit, Vollkommenheit und Würde ist. Und sie können an ihm, mitten in einer fast geschichtslosen Welt, die alles verändert und umbaut, den Wert des Überdauerns begreifen. Der Dom ist eine Identität, die nie fertig ist. Jeder Generation wird sie neu anvertraut. Die Generation, die ihn, dem ursprünglichen Plan gemäß, vollendet hat, sah in ihm ein herausragendes Symbol des nationalen Stolzes. Heute, da er in Giftschwaden und Säureregen wie eine riesige Tropfkerze zu schmelzen droht, ist er ein Symbol unseres Überlebens.

Liane Dirks *Domplatte*

Ich frage mich natürlich, warum. Auch wenn man mit dieser Frage niemals anfangen sollte. Aber sie drängt sich auf, sie schiebt sich nach vorn, ich kann hier nicht mehr ausweichen. Warum wähle ich den Platz davor und nicht das eigentliche: ihn, den Dom, die Kathedrale selbst? Stattdessen habe ich vorgeschlagen, eine Geschichte zu schreiben, also zu erzählen von etwas, das »Platte« heißt, Domplatte. Das ist weder eine gute Idee noch ein guter Anfang, noch ein schönes Wort. Schon gar nicht für etwas, auf dem so Majestätisches, Erhabenes steht wie diese Kathedrale. Wobei der Kölner Dom ja gar nicht auf, sondern inmitten der Domplatte steht. Sie trägt ihn nicht, sie umgibt ihn nur.

Warum erzählst du nicht vom Dom selbst?, fragen mich die Kollegen, denen ich meine Zweifel anvertraue.

Weil es da nichts zu erzählen gibt, antworte ich spontan. Ich wüsste tatsächlich vom Dom nichts zu erzählen, jedenfalls nicht im eigentlichen Sinn, so wie Autoren das Erzählen meinen. Und das, obwohl ich ihn liebe. Sehr. Und so gut wie nie gehe ich an ihm vorüber. Ich betrete ihn fast immer. Hebe den Kopf, staune über Höhe und Weite und die Menschen von damals, die einen Plan gemacht hatten über vierhundert Jahre hinweg, wie dieses Bauwerk entstehen sollte. Vierhundert Jahre, denke ich und lasse ihn nachhallen, diesen Gedanken. Für damalige Verhältnisse mindestens sechs Generationen vorausgedacht, wir schaffen heute noch nicht mal 20 Jahre. Dann gehe ich zu der kleinen Schmuckmadonna, vor der die vielen Lichter stehen, werfe zwei

Euro in den Opferstock und zünde zwei Kerzen an für die verstorbenen Lieben. Ein Kreuz schlage ich nicht, denn ich bin Protestantin, aber der Madonna, dem Licht und Gott ist das egal, da bin ich sicher. Ich hebe wieder den Kopf, betrachte das neue Richter-Fenster. Gut, dass es nur eines ist, denke ich, es ist okay, aber mehr auch nicht.

Am schönsten war es im Dom, als sie das gesamte Gestühl herausgenommen hatten, damals, als der deutsche Papst gekommen war, den sie italienisch willkommen hießen: Benedetto. Welch Jubel, welch Freude, als er den Rhein heraufgefahren kam.

Sie hatten ausgeräumt, damit mehr Menschen in der Kirche Platz fanden. Ein großes Chorsingen sollte stattfinden. Aber bevor diese vielen kamen, legten sich die jungen Menschen, die schon angereist waren, auf den Boden und sahen in die Höhe und bestaunten das Licht, das so eigene Licht dieser Kathedrale. Und auch ich hatte es damals getan, hatte es ihnen einfach nachgetan, niemand kam und hinderte uns. Es war plötzlich so viel Leichtigkeit in der Tiefe dieser Art von Andacht. Und alle sahen in die Höhe, und in der Höhe war dieses Licht, das es an keinem anderen Ort gibt. Nur hier. Ich kann nur jedem raten, sich zumindest hinzusetzen, wenn er schon nicht liegen kann, und im Kölner Dom das Licht zu besehen, das Licht selbst, dieses schwebende, helle Grau. Es ist so anders als draußen. Das Licht draußen ist einfach da, mal hell, mal dunkel, mal scheint die Sonne, mal ist ein Regentag. Das innere Licht des Domes hingegen ist präsent. Und es ist ein großer Unterschied, ob etwas da ist oder ob es *präsent* ist. Darüber könnte ich nun sehr lange schreiben, über Licht und über Präsenz. Aber Geschichten würden das nicht werden. Geschichten finden draußen statt, auf der Domplatte, auf dem Platz davor. Was dort passiert, darüber gibt es tausendmal mehr zu erzählen. Allein, was ich dort erlebt habe. Eine meiner schönsten Liebesnächte, natürlich nicht auf der Platte, sondern über ihr. In ihrem Angesicht, gewissermaßen. Mein Kind hat dort im Sommer seinen Bauch gewärmt, es warf sich regelmäßig nieder, presste seinen kleinen Körper gegen den warmen Stein und war selig. Und meine Mutter hat dort ganz in der Nähe etwas gemacht, was sie bis heute nicht vergessen kann und wofür sie sich erstaunlicherweise noch immer schämt. Und das ist ja nur ein kleiner Teil, gemessen an den vielen Menschen, all den Schicksalen, die dort tagtäglich vorüberziehen, seit Jahrhunderten. All die Gaukler, die Pflastermaler, die Besucher, die Pilger, die Musiker, die Krieger, Fremde und Freunde und all die Märkte, die Konzerte, Aufmärsche, Paraden, Demonstrationen, die dort schon stattgefunden haben; die Küsse, die getauscht, die Trennungen, die beschlossen wurden, die leeren und die vollen Taschen, die Abschiede, die Hoffnungen, die Sehnsüchte, die Verzweifeltheiten, und alles marschiert über diesen kleinen Platz, den Platz davor.

Ich beginne mit der Nacht, der Liebesnacht, einer meiner schönsten, wenn nicht die schönste. Sie fand statt, wo ich mich nach wie vor am ehesten zu Hause fühle, im Hotel. Vorausgesetzt, es ist ein gutes Hotel, und das Dom-Hotel ist ein solches. Und warum ich mich in Hotels zu Hause fühle, hat mit meiner Kindheit zu tun, ich bin in ihnen groß geworden.

Der Mann, mit dem ich in diesem Hotel war, war ein Dichter. Er hatte die schönsten Locken, die man sich denken kann, die tiefsten dunklen Augen, die ein Mensch je gesehen, und seine Stimme war so weich und kraftvoll klar zugleich, dass jeder, der ihn reden hörte, alles andere sofort sein ließ und nur das tat: zuhören. Und wann gibt es das schon mal, dass

Menschen wirklich zuhören. All diese Gaben hatte dieser Mann, er liebte die Schönheit und er liebte die Nacht und er liebte mich, in der Nacht. Wir hatten die Suite mit Blick auf den Dom, sie war so groß, dass wir darin tanzen konnten, wir tranken Champagner und warfen uns Küsse und Worte zu, Dichterworte, kluge Worte, große Worte, weise Worte. Und wann es Zeit ist zu schweigen, das wissen die Dichter sehr genau, und so beginnen Märchen, nicht wahr? Mit tiefen Blicken und schönen Menschen. Oder der Sonntagabend im ZDF. Wenn man weitererzählt, werden daraus Geschichten, und dieses »weiter« ist dann immer ein Problem, eine Krise, eine Herausforderung. Die Konkurrentin kommt daherspaziert, besser noch: fährt mit dem Jaguar vor. Manchmal kommt sogar das Böse ganz unmaskiert vorbei und zeigt seine unlackierten Klauen. Allein, wir hatten keine Krise, keine Herausforderung, nie, es kam auch später keine. Wir hatten nur diese eine Nacht.

Und sanft wie Seide floss die Liebe über unsere Körper hinweg, und heftig wie die Wellen des Atlantiks brandete die Lust in uns, und frisch wie der Morgen im Mai lagen wir uns danach in den Armen, und soll einer sagen, dass das keine Geschichte wär. Auch wenn sie den Gesetzen des Erzählens nicht ganz gehorcht. Obwohl – auch bei uns gab es einen Wendepunkt, er schlief nämlich ein, und ich trat an die Fenster. Der Morgen graute. Vor mir, mir gegenüber, das Bauwerk, massiv, mächtig, zu mächtig angesichts dieser Nacht? Unter mir die Domplatte. Leer. Kein Mensch war zu sehen, nichts, niemand. Der glänzende Stein. Kein Laut war zu hören. Das Licht der Laternen verlor sich bereits im heraufziehenden Tag. Es war nichts, was ich sah, nichts Besonderes, die Domplatte von oben am sehr frühen Morgen. Aber doch war da etwas, das anders war. Es stand wie Atem um den Dom. Als habe er ausgeatmet. Die Präsenz war jetzt auch außen. Man könnte, was ich sah, vielleicht als Aura bezeichnen, aber das wäre zu profan. Ich sah es auch nicht, vielmehr wurde ich dessen gewahr. Und in diesem, das ich wahrnahm, war etwas ungeheuer Mächtiges. Im Atem der Kathedrale zeigte sich mir, einen seltsamen gedehnten Moment lang, die ganze Größe und die ungeheure Schönheit dieser Welt, unseres Lebens.

Man soll lieben, so viel und so tief man nur kann, dann kriegt man solche Momente geschenkt, das weiß ich seitdem. Wie lange ich dort stand, weiß ich nicht mehr. Als ich aus meiner Trance erwachte, kam eine Kehrmaschine über den Platz gefahren. Ich schaute an mir herab, auf mein Hemd. Ich fasste in mein Gesicht. Es war nass, alles war nass. Ich hatte geweint, ich hatte die ganze Zeit über geweint.

Die nächste Geschichte ist die von meinem Kind. Auch dies ist keine richtige Geschichte, eher eine Episode, aber hinter dieser stecken tausend andere Ereignisse, die sie erst zu dem machen, was sie ist. Mein Kind liebte es, wie bereits erwähnt, sich im Sommer vor dem Dom auf den Boden zu werfen und dabei laut zu juchzen. Es warf sich stets gerade auf den Bauch, nie drehte es sich oder blieb liegen, nein, es stand immer wieder auf, tat ein paar Schritte und warf sich freudvoll wieder hin. Wer uns beobachtete, hätte die Kleine für die Wiedergeburt einer inbrünstigen Pilgerin halten können. Sie war sehr hartnäckig, was sie noch heute ist. Wir konnten sie nicht davon abbringen, mit nichts weglocken und deshalb nur unter lautem Protest und großem Geschrei die Domplatte wieder mit ihr verlassen.

Ich habe erst später erfahren, dass es in den sechziger Jahren den Muslimen erlaubt war, in einer

Seitenkapelle des Kölner Doms ihre Gottesdienste abzuhalten. Was ja eine sehr große Geste ist. Mir fiel das Kind wieder ein. So sah es aus, was die Kleine gemacht hatte: Sie warf sich stets aufs Neue auf ihren Gebetsteppich, nur dass ihrer nicht aus Wolle, sondern aus Stein war.

Es war im Jahr 1989, als mein zweites Kind unterwegs war, und wieder einmal waren wir mit Besuch auf der Domplatte. Es war der erste Besuch meiner Nichte aus der DDR, die damals noch nicht »ehemalig« war. Die Tochter meiner ältesten Schwester war zur selben Zeit schwanger geworden wie ich. Wir trugen beide die gleichen dicken Bäuche vor uns her. Es war November, kurz nach dem Mauerfall. Nein, meine Nichte und ihr Mann hatten nicht zuerst zum Dom gewollt, sondern tatsächlich in eine Buchhandlung. Ich glaube, meine Nichte hat ein Jahr nach der Wiedervereinigung damit zugebracht zu lesen. Bis die Ängste kamen, die Luft des Westens: die Ängste, wie es nun weiterging. Das kannte sie vorher nicht. Mit den Ängsten hörte sie auf zu lesen. Damals aber war es noch nicht so weit, selig unbeschwert waren wir nach der Buchhandlung zum Dom gegangen, und natürlich war unsere Kleine dabei. Und auch jetzt, da es kalt war, galt ihr Spiel: Sie warf sich nieder und quietschte vor Glück.

»Was macht sie da?«, fragte meine Nichte irritiert. »Sie freut sich«, sagte ich. »Sie feiert die Wiedervereinigung.« Da blieben um uns die Menschen stehen und besahen das Kind, das selbstvergessen immer weitermachte, aufstand, sich hinwarf und vor Lebensglück juchzte. Und plötzlich stand eine Menge um uns und sah auf das Kind, und ich rief in die Menge: »Das hier ist meine Nichte aus dem Osten, sie ist zum ersten Mal bei uns!«

Und – ungelogen – da fingen die Menschen um uns herum an, sich und uns zu umarmen und immer wieder auch meine Nichte und ihren Mann. Sie zeigten auf das Kind, das sich vor dem Dom niederwarf, sie lachten und freuten sich, schüttelten mit dem Kopf, und manche wischten auch ein paar Tränen weg.

Und dann war da noch meine Mutter. Ihre Geschichte habe ich bis zur Entstehung dieses Textes nicht gekannt.

»Was machst du?«, wollte sie beim sonntäglichen Anruf wissen.

»Ich schreibe einen Text über die Domplatte«, antwortete ich.

»Warum schreibst du nicht über den Dom?«

Wie ich antwortete, weiß man nun ja, aber sie fiel mir ins Wort, herrisch, wie sie manchmal ist, und sehr entschieden. »Ich muss sowieso andauernd daran denken, ich weiß auch nicht, warum«, begann sie. »Mich beschäftigen die Dinge von früher immer mehr. Das war 45, da habe ich den Dom zum ersten Mal gesehen. Im Herbst 45, spät, und es war kalt. Da gab es die Domplatte noch gar nicht und den Dom – doch, den gab es, aber es war schrecklich. Und dann hab ich etwas gemacht, was furchtbar war und was ich nicht vergessen kann«, sagte sie und war nun ziemlich aufgebracht.

Mama, gerade war der Krieg zu Ende, was sollte denn da noch schrecklich gewesen sein, wollte ich sagen. Aber meine Mutter redete weiter, knapp und klar, so ist sie.

»Ich saß am Bahnhof, und das musst du erzählen, es war so kalt, und ich hatte nur so ein dünnes Kleidchen an und nichts zu essen, nichts, und keine Jacke, und dein Vater war mal wieder nicht da, versuchte wahrscheinlich, irgendwo etwas aufzutreiben, und ich war verzweifelt ...« – und während sie noch redete, rechnete ich nach, dass sie damals hochschwanger gewesen war mit meiner ältesten Schwester, »... ich war so verzweifelt, und da hab ich gebetet, bitte, bitte Gott, hilf mir, ich hab Hunger und ich friere. Bitte, bitte, hilf! Und da hob ich den Kopf, ich saß auf dieser Bank im Bahnhof, ich hob den Kopf, und da sehe ich vor mir ein Portemonnaie, ich schaue mich kurz um, stehe auf und nehme es und gucke rein, und dann sind da fünfzig Mark drin, fünfzig Mark! Und ich hab sie rausgenommen und das Portemonnaie leer wieder hingelegt. Und das kann ich nicht vergessen, verstehst du das? Ich habe gestohlen! Ich! Und der Mensch, der das verloren hat, was ist mit dem? Vielleicht ist der verhungert, so was war möglich damals, und ich bin schuld daran. Das sollst du schreiben, das!« Und dann fing sie tatsächlich am Telefon zu weinen an, und für einen Moment sah ich alles vor mir, meine junge Mutter, die so schön war und so arm, ich sah sie auf der Bank im Bahnhof neben dem Dom sitzen, und das Glück, das ihr widerfährt, ist ein Fluch, weil sie das, was sie kriegt, einem anderen nimmt.

»Und das soll ich wirklich schreiben?«, fragte ich. »Ist das ein Befehl?«

»Ja«, sagte sie, »aber es ist mal wieder keine Geschichte, nicht wahr? Ich erzähle immer nur so ein Zeug.«

»Nein, Mama, aber soll ich dir was sagen? Die Geschichten sind auch nicht mehr das, was sie früher mal waren.« Und da kann sie wieder lachen, am anderen Ende, weit weg.

Und wenn ich jetzt noch andere Menschen fragen würde, dann könnte ich immer weiter auf diese Weise erzählen, und es würde sich ein Schicksal an das andere fügen, ein kostbarer Moment dem nächsten folgen. Und wir könnten ein dickes Buch über die Domplatte machen, was sage ich, eines? Mindestens drei oder vier richtig dicke Bücher, wenn nicht noch mehr, zehn! Aber immer würden wir das Eigentliche nur umkreisen. Den Dom. Das, was in der Mitte steht. Das große Geheimnis. Das sich manchmal an besonderen Tagen oder in seltenen Nächten im Licht offenbart.

Und darum schreiben und darum erzählen wir: Wir umkreisen das Geheimnis. Es lässt sich nicht sagen, und doch berührt es uns. Und manchmal lacht man und manchmal weint man darüber und manchmal sind wir einfach nur still. Bis die Kehrmaschine kommt und alles wieder weitergeht.

Sabine Schiffner *Melaten*

er sagt sein grab
soll auf melaten sein
dort unter hohen alten
buchen er sagt wenn er zum letzten
mal die augen schließt
stellt er sich vor ich würd
ihn dort besuchen er sagt dass
dies sein grab im schatten liegen soll
malt es mir aus und übern rasen komme ich
herbei um seine erde gut zu pflegen
das wäre was ihn neben allem
anderen am leben hält
denn wir sind ganz weit fort
vom schatten auf melaten
sitzen im weißen haus auf
unserer insel hinter den
sorgsam zugezogenen gardinen
ich sehe seine augen kaum
sie sind ganz schwarz sind sie
noch offen oder schon verschlossen
frage ich mich als er
sie aufschlägt und
schon wieder damit anfängt sagt
sein grab soll auf
melaten sein

EM VEEDEL

Bläck Fööss *En unserem Veedel*

1. Wie sull dat nur wiggerjon?
Wat bliev dann hück noch ston?
Die Hüsjer un Jasse,
die Stündcher beim Klaafe,
es dat vorbei?

2. En d'r Weetschaff op d'r Eck
ston die Männer an d'r Thek.
Die Fraulückcher setze
beim Schwätzje zesamme,
es dat vorbei?

In unserem Viertel

1. Wie soll das nur weitergehen?
Was ist denn heutzutage noch von Dauer?
Die Häuschen und Gäßchen,
die Stunden beim Quatschen,
ist das vorbei?

2. In der Kneipe an der Ecke
stehen die Männer an der Theke.
Die Frauen sitzen
beim Schwätzchen zusammen,
ist das vorbei?

Refrain:
Wat och passeet,
dat Eine es doch klor:
Et Schönste, wat mer han
schon all die lange Johr
es unser Veedel,
denn he hält mer zesamme,
ejal wat och passeet.
En unserem Veedel.

3. Uns Pänz, die spille nit em Jras,
un fällt ens einer op de Nas,
die Bühle un Schramme,
die fleck mer zesamme,
dann es et vorbei.

Refrain:
Wat och passeet ...

4. Dat es doch klor,
mer blieven, wo mer sin,
schon all die lange Johr,
en unserem Veedel,
denn he hält mer zesamme,
ejal wat och passeet.
En unserem Veedel.

Refrain:
Wat och passeet ...

Refrain:
Was auch geschieht,
das eine ist doch klar:
Das Schönste, das wir haben
schon all die langen Jahre,
ist unser Viertel,
denn hier hält man zusammen,
egal, was auch geschieht.
In unserem Viertel.

3. Unsere Kinder, die spielen nicht im Gras,
und fällt mal eins auf die Nase,
die Beulen und Schrammen,
die flicken wir zusammen,
dann ist es vorbei.

Refrain:
Was auch geschieht ...

4. Das ist doch klar,
wir bleiben, wo wir sind,
schon all die langen Jahre,
in unserem Viertel,
denn hier hält man zusammen,
egal, was auch geschieht.
In unserem Viertel.

Refrain:
Was auch geschieht ...

Armin Foxius
Einmal ums Karree ziehen und beten

Geschenkt: Köln ist eine große Stadt, mit einer Million Menschen; da kann man nicht alles wissen und kennen. Und man bekommt auch nicht alles mit. Und was Religion und Kirche angeht: Dom, Dreikönige, romanische Kirchen, Fronleichnamsprozession zu Wasser und zu Lande: Jaja, ist ja gut. Aber es gibt immer noch so versteckte kleine Sachen, wie das Prozessiönchen, von dem ich hier erzählen will.

Der erste Sonntag nach Pfingsten ist Dreifaltigkeit. Da zieht in St. Aposteln am Neumarkt eine Prozession. Die zieht schon vor Fronleichnam und damit vor dem Dom und der Mülheimer Gottestracht durch das Karree, und die Apostolaner sagen und betonen das auch laut und deutlich: Wir dürfen schon vor dem Dom gehen, nur wir!

Erst eine Messe in der schönen, alten und großen romanischen Kirche, die zweitgrößte Orgel Kölns spielt, die gregorianische Schola und der Basilikachor singen was, oft noch in richtigem Latein, was ja mal die lingua franca des Abendlandes war. Alles, wie es sich gehört. Dann werden die Türen weit geöffnet, und man zieht aus, wie man es eigentlich nur noch aus Erzählungen, von alten Bildern und Erinnerungen aus Kindertagen kennt: Jungen und Mädchen aus dem Kindergarten als Streukinder vorneweg, ein paar Messdiener mit Klingeln und Fähnchen, eine große Musikkapelle mit Blech und Trommeln, wohl fünfzig, sechzig Mann, der Himmel, von vier gestandenen Männern getragen, ein Pastörchen darunter, das mit einem Brokattuch, dem Velum, die Monstranz trägt. Manchmal macht's auch ein peruanischer Bischof, auf Kollektentour durch die Erzdiözese. Und wenn die Sonne scheint, hat wohl auch der vielbesungene Herrgott daran seine Freude und lässt alles schön leuchten. Der Kirchenchor, die Frauenvereinigung und die Menschen, für die St. Aposteln noch viel bedeutet: Die gehen nicht nur, die schreiten, aber nicht mehr wie früher in Reihe und Block, mehr so im lockeren Herdenverband. Viele Lieder werden gesungen, die alten Lieder, die man mit Schmackes singt, als wäre man noch ein Kommunionskind und würde sich mit Stolz zeigen.

Und das tut die Prozession auch. Man soll sich ja, und das ist verfassungsmäßig garantiert, nicht wegen seiner Religion oder seines Glaubens verstecken. Und wenn man jahrhundertelang mit Heiligem Köln und Roms treuester Tochter renommierte, kann man das ja auch mal ein bisschen zeigen.

Also: Raus aus der Kirche, an der früheren Braunkohleverwaltung vorbei, die jetzt im Stadtwaldgürtel an der Dürener Straße die Gegend verschandelt, wo nachher der »Bazaar de Cologne« war und heute Lädchen und Lokälchen um ihre Existenz kämpfen. Nach rechts zum Adenauer-Denkmal hin, OB und Kanzler, der ja aus dem Viertel hier kam und auf das alte Apostelgymnasium gegangen ist, dann in die Apostelstraße. Und wo jetzt eine Buchhandlung ist, in Nr. 7, hat mal Karl Marx gewohnt; wie das halt so geht. Das »Gloria« war früher ein Kino, das nach einer Blütezeit zum Schmuddelpornoschuppen verkommen war, ist jetzt so was wie eine Spielstätte für Theater, Konzerte, Alternatives. Gegenüber, auf der anderen Straßenseite, eine Tanzschule, wo für die

RTL-Sendung »Let's Dance« trainiert wird. In zwei, drei Schau- und Wohnungsfenstern sieht man kleine Altärchen mit einer Muttergottesfigur, Blumen und Kerzen. Auf der »Gloria«-Seite war mal eine Wirtschaft, da konnte man schön gezapftes Bitburger-Pils trinken; fünf Minuten für die Blume, und das im Kölsch-Köln. Da heißt es jetzt »Törtchen, Törtchen«, und die gibt es da, in hoher Qualität. Links geht es in die Große Brinkgasse; dorthin, weil es hier billiger ist, ist der schöne Laden für Malerbedarf gezogen, der früher auf der Ehrenstraße bei »Wolkenaer« war. Noch eine gute Bäckerei, dann »Filz Gnoss«: Was man nicht alles aus Filz machen kann! Weiter, zur Rechten war bis vor Kurzem ein sehr guter Laden für Wild und Geflügel; der danebenliegende auch sehr gute Metzger ist schon lange zu, nicht umgezogen oder verlagert, nein: zu, perdu. – Und dann sind wir schon an einem Plätzchen, das sie nach Millowitsch benannt haben, und der muss jetzt auch noch als Figur dort auf einer Bank sitzen. Hier stand früher bei der Prozession einer der Stationsaltäre, wo man anhielt, betete und sang, und dann weiterzog. Jetzt zieht man nur noch weiter. Jeder betet für sich und summt mit der Blaskapelle. Dann wird doch noch gesungen: »Deinem Heiland, Deinem Lehrer« Das kennt man, das singt man; alle drei Strophen. Die Ehrenstraße hat sich in den letzten Jahren stark gewandelt: Das schöne große Kino ist fort, da, wo früher ein Metzger war, kann man Schuhe kaufen, und in die Halle und die Büros der Sparkasse hat man Läden reingeknallt, wie überall hier, für Klamotten, für Schuhe, und Schuhe und Klamotten und Modeaccessoires. Nur das Spezialgeschäft »Le porcelaine blanche« ist noch da und läuft wohl ganz gut, man sieht immer Kunden drin. Aber irgendwann wird auch hier der Porzellanelefant kommen. – Gegenüber die Kleine

Brinkgasse, wo man nichts mehr davon sieht, was Frauen und Männer hier getrieben haben. Die letzte Tür der kleinen Puffhäuser, mit einer Klappe in Augenhöhe für den Handel mit den Freiern, ist schon längst verschwunden. Ebenso die versetzte Mauer, damit man nicht einsehen konnte, was in dieser Gasse geschah. Und heute sieht man viel, fast alles, und sieht doch nichts. – Da kann man dann auch in Ruhe weiterbeten. Und die Blaskapelle spielt zwischendurch ein Potpourri der guten Laune. Auf dem rechten Trottoir hat der Künstler Gunter Demnig einen Stolperstein eingebracht und in Metall geschrieben: »Hier wohnte Fritz Falkenhelm, Jg. 1911. Flucht nach Frankreich, interniert, deportiert 1942, ermordet in Auschwitz« Wer es in der Prozession weiß, schämt sich und denkt über seine Vaterstadt und ihre Vergangenheit nach. An der Ecke zur Pfeilstraße waren mal zwei Kneipen, »Ehrentor« und »Delfter Stuben«. Wenn da die Prozession vorbeizog, standen Männer mit Kölschgläsern und Bierflaschen in der Türe und schauten sich das Treiben in Ruhe an. Und der eine oder andere stellte sein Kölschglas ab und kniete sich hin, wenn das Allerheiligste vorbeigetragen wurde. Da sind jetzt zwei Läden für Accessoires drin, für Gürtel und Schals. – Rums! Jetzt setzt die Musik wieder ein, aber ohne Singen, nur Musik. Auch schön, man fällt in den Rhythmus ein. Jetzt in die Alte Wallgasse. Auf der rechten Seite war jahrzehntelang ein Blumengeschäft, und das Schaufenster wurde extra für diesen Tag geschmückt, und es wurden Blumen für die Apostelkirche gespendet.

Gegenüber war jahrelang die katholische Grundschule, die ihre Außentreppe mit Blumen, von den Kindern gemalten Bildern und einer großen Muttergottes dekorierte. Da ist jetzt ein Teil des

Gymnasiums von nebenan drin. So gab es dann bis vor ein paar Jahren hier einen Stopp; Schüler und Lehrer sollten ja nicht ohne Segen bleiben. Auf den kann jetzt wohl verzichtet werden. Man muss ans Weitergehen denken, in die Palmstraße hinein, wo man am Eckhaus in den Putz der Fassade ein Bild des Orgels Palm gemalt hat; der dreht da sein Örgelchen, ein Junge hebt die in Papier gewickelten Münzen auf, die man als Dankeschön aus den Stockwerken auf die Straße geschmissen hat, und ein Mädchen mit Zöpfen und einer Puppe reicht ihm nen Groschen. In der Palmstraße gibt es Brazilian Waxing, einen Vietnamesen und an der Ecke zwei Wirtschaften, um diese Zeit noch nicht besucht. – Jetzt noch: O höchstes Gut, o Heil der Welt! Und hier und da schaut man aus dem Fenster: eine Blaskapelle mit Kawumm, und das am frühen Morgen, und Karneval ist auch nicht. Von Haus Nr. 35 steht nur das Parterre, alles andere ist immer noch weggebombt. Man stelle sich das vor: siebzig Jahre nach dem Krieg! Wie schnell fängt man so was an, und wie lange hat man es an der Hose. Jetzt wieder ein Stück und ein paar Minuten Ruhe, jeder denkt sich seinen Teil. Oder auch nicht. In der Nr. 62 hat bis vor zwei Jahren Kurt Holl gewohnt, der sich sehr für Sinti und Roma eingesetzt und eine große Beerdigung hatte. Links kommt jetzt Käse Wingenfeld, und rechts sieht man die Bäckerei Zimmermann, und manch einer in der Prozession schickt ein Stoßgebet zum Himmel, dass die wohl noch lange hierbleiben. Über die Ehrenstraße, und dann geht es an der Rückseite des Hahnentors nach links in die Mittelstraße. Eine Normaluhr, noch schön mit Zeigern, und daneben das »Café Rico«, das an »Rick's Café« im Film »Casablanca« erinnern soll, wo sie unter den Nazis mit der Hilfe von Humphrey Bogart aus dem besetzten Frankreich fliehen konnten, was Fritz Falkenhelm aus der Ehrenstraße aber nicht mehr geschafft hat. Das »Café Rico« war eines der Lieblingslokale des ehemaligen Außenministers Guido Westerwelle, der auch in St. Aposteln sein Requiem hatte und auf Melaten liegt. – Jetzt kommen nur noch teure Klamottenläden, einen hatte mal die Ex von Howard Carpendale, einem südafrikanischen Schlagersänger. – Nun hört man schon die schwere Glocke von St. Aposteln, die nach dem erst kürzlich heiliggesprochenen Papst Johannes Paul II. benannt ist und nach dem Weltjugendtag hier bei uns in Köln von dessen Nachfolger dieser Kirche geschenkt wurde. Nett, ne?

Jetzt hat man es bald geschafft. Auf der rechten Seite war mal das »Birrebäumche«, ein riesiges Brauhaus; daneben ein Bestatter, den ich als den meinen geplant hatte. Beides weg, weitere Klamottenläden. Jetzt noch über das Plätzchen Apostelkloster, wo dienstags und freitags Wochenmarkt abgehalten wird. Hier stand mal das Apostelgymnasium; ausgebombt. Dann das Amerikahaus, nach Berlin verzogen. Und gegenüber die zentrale Feuerwache, nach dem Krieg nicht wieder aufgebaut. – Da steht der aufgebaute Schlussaltar, man singt das Tantum Ergo, das Thomas von Aquin in Köln geschrieben hat; dann noch der Schlusssegen. – Bruno, der fleißige Küster, räumt auf, rollt den Teppich ein, Kerzenleuchter, tragbarer Altar: ab ins Depot. Jetzt beginnt das Pfarrfest; das Kölsch läuft, die Reibekuchen brutzeln, es wird gequatscht und verkimmelt und gesüffelt. Halt ein Dorf in der Millionenstadt.

DRINK DOCH EJNE MET

Ingeborg Drews *Giorgio Campi*

Jetzt vermisst sie ihren Giorgio, Giorgios Eiscafé, diesen besonderen Ort, nach dem Krieg dort die ganzen anderen Leute ... Sie setzt sich an der Avenue auf eine Bank, die Erinnerung holt sie ein, heftig. War sein Café nicht wie die erste Insel der Freude vor ein paar Jahren?

Nachkriegszeit: Das aller-aller-erste Eishörnchen kostete nur einen Groschen, und sie musste eine halbe Stunde laufen als Kind, um es zu ergattern. Dann kam Giorgio, den sie vermisst. Es war gut, durch die öde Stadt, in der gar nichts los war, zu Giorgio zu kommen. Das war doch endlich mal was.

...

Was aber war das für ein Gefühl, Deutsche zu sein? Nur bei Giorgio im Café war sie gut aufgehoben, nicht von diesen Fragen gequält. Er war jung und energisch und Italiener. Man lachte einander an. Auf einmal war das Leben leichter, entledigt all der Schuld- und Orientierungsfragen ... (...) Hier, bei Giorgio, der eigentlich Pierluigi Campi hieß und den in Köln alle »Gigi« nannten, war ein Stück anderer deutscher Boden. Hier war Laura von dem Erlebten frei. Hier konnte sie in die Zukunft aufbrechen. Giorgio verteidigte die Deutschen vor ihr, wenn sie wütend ihr Volk verurteilte: »Was willst du, die armen Menschen sind nach dem Krieg aus ihren Löchern gekrochen. Und heute sind sie anders im Denken, glaub mir, ich beobachte das hier jeden Tag.«

...

In Giorgios Café, da gibt es auch von morgens bis abends »Niggermusik«. Aber war deshalb auch Köln noch intakt? Wo früher in den Bombennächten für Kinder kein Platz für Märchen war, gab es nun für uns junge Wesen keine Literatur. Kein Theater, kaum ein Kino, keine neue Musik, kein Schwung, kein Tanz, kein Song, nicht einmal ein Liedchen. Alberne Schlager gab es wohl, meistens kitschige. Und die haben WIR NICHT mitgesungen. Bei den Erwachsenen war nach den Aufregungen der Bombennächte jetzt Stille eingetreten. Aber es war eine, die den grauen Charakter der Leere hatte, es gab eben nichts, lange lange nichts. Und die Winter waren kalt, kälter als zu Kriegszeiten. Nur wenig später sangen die Davongekommenen in den verbliebenen und notdürftig ausstaffierten Kneipen abends diese Schlager, auch Operettenmelodien, nach Schallplatten. Tranken ihren »Knolli Brandi«, den Schnaps aus Kartoffeln, und versuchten rührend, die letzten Jahre zu vergessen.

Für Laura stand fest: Mit so einer Leere wollte sie ihr Leben nicht beginnen. Da entdeckte sie die erste Eisdiele. Und Giorgio. Das war etwas Neues, anderes. Dass die erste Eisdiele in ihrer Stadt und in ihrem Leben DIE geistige Institution für Jahrzehnte werden sollte, konnte sie damals nicht wissen. Aber es roch so, es roch so ganz anders in dieser Eisdiele. Es roch nicht nach Leere und nicht nach Zeit ohne Lied, es roch nach Espresso, Vanille, Frascati. Die Besitzer sprachen mit ihren Freunden italienisch, was ganz von allein wie Musik, wie Singen, wie Theater war. Sie lachten auf Italienisch. Sie lachten überhaupt! Es machte auf Laura den aufregenden Eindruck, dass sie hier die wahre Welt entdeckt hatte. Sie war zu ihr gekommen. Jetzt erst verstand sie das Kinderlied, in dem das kleine Hänschen in die weite Welt hineingeht – und das sie als kleines Mädchen ganz anders gesungen haben soll: »Hänschen klein – gingelein – inne wulle wellenein.«

In Giorgios Eisdiele gab es eine lange, schöne, glänzende Theke und ihr gegenüber eine Spiegelwand, die das Café vergrößerte, das nur ein langer Schlauch von der vorderen zur hinteren Straße war.

...

Und es gab – was sich schnell herumgesprochen hatte – eben Giorgios Eisdiele. Der forsche Sohn einer italienischen Mutter, der ebenso nichts heftiger liebte als den Jazz, war unser Mann.

...

Zu Giorgio zu kommen, das war schon mal was, instinktiv wollte ich, wann immer es ging, durch seine vornehme Glastüre kommen. »Ja, ja«, sagt ein Freund, dem ich davon erzählte, »das war der einzige kosmopolitische Ort in dieser Stadt, sonst gab es ja nichts. Er war wie das Bullauge, das einzige, durch das man hinausblicken konnte in die Welt.« Zu Hause sah ich immer schon von weitem den Namenszug Giorgios als Leuchtreklame im Oval seiner Umrundung, die geliebte Lichtschrift über dem Café. Sie leuchtete nicht nur mir voran. Aber mir machte sie eine solche Freude, dass ich dachte, ich würde gleich über die Grenze nach Italien kommen. Und dazu noch zum Jazz – was eine sonderbare Kombination war und eine, die gerade mir gefiel.

...

Mit der Zeit wurde unsere neue Welt immer toller. Die sechziger, siebziger Jahre in der langsam belebten Stadt, die Rundfunkstation wuchs zu einem Kulturzentrum ganz in der Nähe. Gute Konzerte, neue Musik, weltweit berühmte erste Aufführungen. Jazz, Swing, Elektronische Musik, Weltmusiker zu Gast in den neuen Orchestern. Da machten sie mit, Stockhausen, Luigi Nono, Bruno Maderna, Evangelisti. Sie tauchten bei uns auf, wurden erkannt, und plötzlich war es eine Weltstadt. Ja, als ich nach Paris wollte, war es eine Weltstadt geworden. Aber ich hatte doch meinen eisernen Plan.

Alle kamen jetzt in die Eisdiele. Sie wussten, da trifft man sich, also einsam war ich nicht mehr, und sie flanieren noch immer durch den Schlauch, spielten Schach, diskutieren mit Giorgio und untereinander bis in die späten Nachtstunden. Es ist ein besonderer Ort: Nicht selten leuchtet das Café-Licht aus der Glastüre ebenso wie die Reklame darüber bis um vier Uhr nachts hinaus. Auch aus dem Theater kommen sie noch spät herüber.

Julia Trompeter *Lotta*

Ich mag dich, mag dich wirklich, mag dich so, wie ich dich mag, mögen mag und so, wie man ganz überhaupt das Mögen mögen mag. Ich vermag das. Ja, ich habe das Vermögen, dies zu tun, und darum tue ich das auch; aber von Anfang an:

Es ist wahr, wenn ich sage, dass ich mich einmal im Jahr für einen Tag in dich verliebe. Sehr lang schon ist das so, so häufig also war es, dass ich diesem einen Tag im Jahr sehr ruhig und gelassen, ja, beinahe unbeeindruckt, aufregungslos und kühl entgegenblicke. Ich weiß ja, an welcher Straßenecke ich dich treffe, und auch wenn ich nicht weiß, wie du dich in diesem Jahr verkleiden wirst – im letzten Jahr warst du, das erinnere ich gut, ein Sträfling, im Jahr davor eine Piratin –, so erkenne ich dich doch immer wieder an der Ähnlichkeit, die du seit Jahren mit dir selber hast. Und alles hält sich an dich, der geschmückte Tresen, die Panzerknacker an der Wand, alles will dich, denn du bist die Größte und Gestreifteste unter ihnen.

Da wird nichts schöner an dir, der Lack ist etwas, nun, matt geworden, ein paar Risse, Kratzer an der Tapete, die du nicht überschminkst. Kostüm, ja bitte – aber bloß keine Farbe ins Gesicht. Draußen vor deinem geöffneten Maul stauen sich Jecken in Jacken bis hinter das Severinstor zurück, und wir haben noch nicht mal getanzt, *der Knacki und ich*, was gut ist, denn es gibt ja nur einen, jedes Jahr nur einen Tanz, und danach geht er heim, verlässt das Schlachtfeld, das seit dem Nachmittag, seit der Schwanz des Zuges der Severinstraße den Rücken gekehrt und die Nachgeburt gleich aufgefressen hat, schon wieder aufgeräumt ist: spurlose, keimfreie Stadt. So werde auch ich keine Spuren hinterlassen, man wird meine Tritte auch hier wieder fortwischen, mein Urin, *das dein Kölsch war*, ist schnell fortgespült, und *Meiers Kättche* läuft so an die vier Minuten, bis die Boxen schmelzen. Und wie jedes Jahr werde auch ich geschmolzen sein, mit durchnässtem Hemd, Straßendreck unter den Fingernägeln, einem traurigen Mund, aber lachenden Augen, wenn ich sage: *Schön*. Und der Spiegel deiner Damentoilette wirft mir nichts als das kurze Schwanken meiner ganzen rumpeligen Figur zurück, während Kondenswasser hinabtropft wie tropischer Regen. Lotta, meine Leber will nicht mehr, mein *Eintagsknacki* ist nach Haus, und du, meine Liebe, stinkst dermaßen nach Kölsch, das ist schon nicht mehr schön.

Sicher ist nur, dass mein *Knacki* braune Augen hat und Kinder, Kinder, um die er sich kümmern muss, die versorgt und umsorgt, aber nicht einfach besorgt werden wollen, solche mit viel zu kleinen Fäusten, zu klein für dieses hier. Diese Kinder führen dazu, dass er früher geht, als er müsste, und wesentlich früher, als die Stimmung es zulässt. Er zerrupft eine Saite, schabt mit dem Plastiksäbel die Wand entlang, dreht sich erst recht nicht mehr um. An einem Rosenmontag ist er sicher nicht geboren – aber das macht mir nichts aus: *Lotta, mein Eintagsknacki ist nach Haus, doch ich steh noch ein Weilchen bei dir, meine Liebe.* Siehst du, wie die Kränze tanzen? Ich guck mir noch einen zum Nachtmahl aus, einen fürs letzte, das allerletzte Kölsch. Es waren fünf lange Tage, mehr raus aus allem geht nicht, mehr raus aus mir selbst – vielleicht. Ich meine, ja sicher, diese Ekstase ist ja ein Spiel, gehen Sie nicht über *Los*, gehen Sie Mittwoch direkt ins Büro. (Als Kind dachte ich, es hieße *Arscher*-Mittwoch, verstehst du?) Und siehst du die Reihe aus Menschen da oben? Biene, Matrose, Rennfahrer, Lady und Diva in Blau? Das sind *meine*, die sind alle von mir, hab ich mitgebracht, sind gute Gäste! Mit denen hab ich schon etliche Strophen gesungen, immer fest eingehakt, *Mensch Lotta*, mit denen stehe ich sicher, da knickt keine ab, sagt keine *Schkannimehr*.

Doch für Eintagsliebe, da sind die nichts. Wie schön die da schunkeln, welch textfeste Freunde nenn ich mein eigen! *Lotta, der Knacki ist fort*, und ich geh nach Haus. Tu mir noch einen *Kabänes* fürs lachende Auge, dann muss ich gehen. Bin schon fast weg, quetsch mich in Kürze hier raus. Hast du noch ein leeres Glas, dann stell ich meine Strüßje da rein, das reicht für nen mittleren Kranz, nein, Blumen, nicht Kölsch, ah, der *Kabänes: Hab Dank, liebe Lotta, hab Dank*. Biene, Matrose, Rennfahrer, Lady und Diva in Blau. Ich sag noch kurz *Tschüss*, denn *der Knacki* ist fort, und blau bin ich auch. Dieser einzige Tanz im Jahr mit *dem Knacki* ist gut. Dieser einzige Tanz im Jahr mit *dem Knacki* ist eng, doch engt er nicht ein. Dieser einzige Tanz im Jahr mit *dem Knacki* ist bloß eine Mythe, doch Karneval, Lotta, *so glaube mir*, da stellen Mythen sich ein:

Ich sah einen lärmenden Biber
der schwang einen Besen aus Bast
sah Brennnesseln tanzen und singen
mit Mandarin, Henker und sonstigen Schlingeln
hatt' ich so manch süße Last.
Ich lag in den Armen der Nymphen
nahm den Kuss einer lächelnden Sau
war sehr selbstbewusst aber am Boden
von Kneipen, Theatern, Pagoden 塔 –
war zur gleichen Zeit trunken und schlau.
Hatte zweitausend Hände und viertausend Füße
und saß auf den Dächern der Stadt

war ein Lump und ein Jünger beim Abendmahl
war so hungernd und dürstend
doch wurd ich nie satt.
Nie satt. Nie satt. Nie satt.
Heilige Lotta! Ich rufe dich an!
Gib mir noch ein allerletztes Kölsch!

Es ist wahr, wenn ich sage, dass ich mich einmal im Jahr in dich verliebe. Man sagt, dass es wahr ist, dass Eintagsfliegen subjektiv ein langes und erfülltes Leben leben. Jemand soll gehört haben, dass es wahr ist, wenn man sagt, dass Kölsch gut für die Gesundheit ist. Jedenfalls ist es nicht schlecht für die Seele. Wenn es wahr ist, dass jemand gehört haben soll, dass mancher behauptet, man könne Karneval so ganz aus sich heraus – sag dem, der spinnt. Aber falls man auch weiterhin annimmt, es sei sinnvoll, sich vorzumachen, dass Rosenmontag nur ein ganz normaler Montag sei, ist dies ebenso wenig zu empfehlen, wie sich mitten im September selbst die Krawatte abzusäbeln. Und falls diese Theke ein Klavier ist, sind ihre Tasten aus Holz, wenn jedoch mein Kopf richtig gestimmt ist, ist er noch lange kein Schwingkopf, der sich dreht, wie der Wind weht. *Lotta: Schkannimehr, schbinfort.*

Martin Wolkner *Morgenreport*
Meine EuroPride Fiesta in Köln

Die Stadt barst vor Schwulen, Lesben, Unentschlossenen und Schaulustigen. Schon an der Station, wo wir eingestiegen waren, stand eine Handvoll Tucken, unterwegs waren immer mehr in die Bahn zugestiegen, und die Domplatte und die Altstadt waren von ihnen überflutet. Man hätte den Eindruck haben können, dass die ganze Welt homo geworden war oder dass man durch Sodom oder Gomorrha lief. Die Stadt brodelte und kochte, aber niemals wurde es obszön, soweit wir es selber mitbekamen. Von Ledermännern über Bären und Transen bis zum Normalo und Spießer konnte man jeden hier antreffen, ohne sich unwohl oder belästigt zu fühlen – es sei denn, man war unrettbarer Schwulenhasser.

...

Die Christopher-Street-Day-Parade war ja im Grunde eine ordnungsgemäße Demonstration, aber auch der sommerliche Karneval der Schwulen und Lesben, und bereits hier wollten dies einige unter Beweis stellen, indem sie äußerst merkwürdig gekleidet waren. Neben Dragqueens und Fummeltunten trug beispielsweise einer, der nicht mitbekommen hatte, dass dieser Trend seit einiger Zeit wieder vorbei war, ein Cowboykostüm.

...

Wir standen noch einige Minuten so da, bis ein Raunen durch die Menge ging. Die Musik, die sich einige

Zeit am Neumarkt festgesetzt hatte, dröhnte immer lauter. Der erste Paradewagen näherte sich uns.

...

Zuvorderst bog vor Sankt Aposteln eine Reihe von berittenen Polizisten um die Ecke. Die grün uniformierten Frauen und Männer saßen hoch auf ihren braunen Rössern und teilten die Menge, wo immer sie trabten. Hinter ihnen fuhr ein großer Streifenwagen. Die Leute, die sich in der Apostelnstraße versammelt hatten, begannen zu johlen und zu pfeifen, denn dies war der Augenblick, auf den alle gewartet hatten. Die Stimmung kochte, und die Menschen feierten die Ankunft der Parade frenetisch. Auch die Anwohner feierten an geöffneten Fenstern mit.

Einer der ersten Wagen, der der Polizei folgte, verteilte Papierfähnchen. Wir erhielten jeder eines, aber ich war einer der wenigen in unserer Gruppe, der das Fähnchen tatsächlich schwenkte und die nächsten Wagen sowie Fußgruppen damit begrüßte. Nach einiger Zeit wurde es mir ebenfalls lästig, dieses Ding zu halten, und ich steckte es zusammengerollt in meine Tasche.

Es waren so viele verschiedene Wagen und Fußgruppen, dass ich mich schon bald nicht mehr an ihre Reihenfolge erinnern konnte, aber es war echt fast alles vertreten: lesbisch-schwule Polizisten, Straßenbahn- und Busfahrer sowie Autofabrikarbeiter, der Sportclub Janus, Verdi, Amnesty International mit osteuropäischen Gästen, Grüne, SPD und andere Politiker, Normalos, Biker, Leder- und Fetischkerle, Travestiekünstlerinnen wie Fräulein Kaiserin, Olivia Jones, Mary Roos, Monty Arnold, die Bären samt ihrem amtierenden Mister Bear aus Frankfurt, Bauchtänzer, männliche Cheerleader und Trommler,

Muskelmänner, noch mehr Muskeln sowie weniger Muskeln und farbenfrohe Fantasiewesen. Vertreten waren Veranstalter und Diskotheken, Geschäfte, Aidshilfe, Jugendgruppen, Vereine, Interessensverbände, Kirchen und Fernsehsender.

Die Wagen waren aufwändiger als in den Jahren zuvor, und die Stimmung der Zuschauer machte den Paradeteilnehmern gute Stimmung und umgekehrt. Auf den meisten lief laute Musik, und häufig feierten und tranken dort ausgewählt hübsche Passagiere. Einige warfen Kondome oder andere Kleinigkeiten wie beim Karneval, weitere hatten lustige Sprüche oder Werbungen und andere nichts als bunte Deko. Einige Wagen waren einfache Autos, andere kleine Transporter oder Laster, Trecker, Feuerwehrwagen, amerikanische Schulbusse, ein fahrender Titanic-Bug, Umzugswagen mit selbstgebauten Bühnen oder Käfigen. Auf einem Wagen wurde sogar eine Schaumparty gefeiert.

Zwischen diesen verteilten sich Motorräder sowie die Fußgruppen. Überall tanzten alltagstauglich gekleidete, halbnackte oder bunt kostümierte Menschen mit Federn, Flügelchen, Flaggen und Regenbogenfahnen. Manche waren schrill, etliche unauffällig, einige ulkig, andere extrem. Recht zu Anfang zog eine fabulöse Dragqueen aus Montreal in einem gigantischen Pappmascheekleid vorbei, auf dem die kanadische und andere Länderflaggen prangten. Es paradierten lateinamerikanische Sambagruppen mit viel dunkler Haut, quietschbunten Farben, Zierrat und Lächeln auf den Gesichtern, silbern angemalte Bodypainting-Modelle auf Lesbenbomber-Cruisern, ein Mann mit blauer Körperfarbe, gehörnter Kopfbedeckung und einem fransigen Etwas über seinen Penis gestülpt, wilde Männer in Schwarz mit Pelzkappen und Hörnern auf dem Kopf, die von einer weiß-roten Domina an der Leine spazieren geführt wurden, Flugbegleiterinnentransen mit Hacken-Mercedes und Bubikopfperücken, Menschen mit Brautkleidern oder -schleiern, Rollstuhlfahrer, indische Schönheiten in goldener Tracht, die die typischen Kopf- und Handbewegungen machten, Ägypter in traditionell arabischer Kleidung, alte Römer, Könige und Prinzesschen, Nonnen, schwarz-pinke Bischöfe, verschiedenfarbige Teufel und Engel, mit offenstehenden Umhängen bekleidete Männer des schwulen Klaus-Treffens, Matrosen, kuhfleckige Cowboys, Meerjungmänner, Geishas, weiß-rosa kombinierte Elvisse mit Schaumstoffperücken, Spice-Girls-Imitate in Leopardflecken-Catsuits mit dickrandigen Sonnenbrillen, Asterixe und Obelixe, Cruella de Vil aus »101 Dalmatiner« lief dort, Amors, Kerle mit hufartigen Schuhen und Pferdeschweifen sowie vollkommen außerirdische Wesen.

Bei den knapp einhundertfünfzig Wagen gab es sogar den ersten Quotenhetenwagen, auf dem tolerante und Toleranz fordernde Heteros feierten. An diesem Wagen hatte ich persönlich meinen größten Spaß, denn damit wurde die Normalsituation der Schwulen und Lesben in der heteromedialen Welt umgedreht – keine Quotentucken in Talkshows oder Seifenopern mehr. Auf dieser Parade gab es einfach alles, was man sich vorstellen konnte, und einiges, was man sich lieber nicht vorstellen mochte.

E BÜTTCHE BUNT

Jürgen Becker *Taubenbrunnen*

Krachend schlug der ansonsten bierruhige Lokalredakteur des unabhängig-überparteilichen Stadt-Anzeigers den Hörer auf die Gabel. Rasch warf er einen Blick auf die mahnende Uhr. Dann spannte er einen frischen Bogen in die Maschine und hämmerte wie wild drauflos: »Das kann doch nicht wahr sein!«

Was den Zeitungsmann noch eben vor Redaktionsschluß so enragiert zu einer Lokalspitze engagierte, hatte die gemeinhin zu frohsinniger Verträglichkeit neigenden Bürger der eher stolzen Hansestadt am trübgrauen Rhein vor Monaten bereits in zwei unversöhnlich verzankte Parteien geschieden: das derzeitige Stadtthema Nr. 1, schlicht, Aktion Blausäure gegen das gurrende Taubenvolk, das zum Leidwesen der Rathaus-Bosse und Klerisei-Chefs Zentrum und Weichbild des eigenen Nestes radikal beschmutzte.

Nicht länger hatten die Stadt-Hygieniker tatenlos mitansehen wollen, daß auch die Nachtruhe der tags werkelnden Steuerzahler, die ohnedies von halbstarken Störkommandos Nacht um Nacht ins johlende Gegenteil verkehrt wurde, Punkt vier in der Frühe im Taubengemurre ein regelmäßiges Ende fand. Entschlossenes Fazit des hin und her ratenden Stadtrats, davon findige Abgeordnete vorsorglich den virtuellen Volkswillen ausgekundschaftet hatten: Die öffentlich knurrenden Friedensträger, von Exkubist Picasso, 82, einst zum Symbol kommunistischer Versöhnlichkeit erhoben, müssen weg!

Gutachtete gar der Landesgeschäftsstellenleiter des Bundes gegen Mißbrauch der Tiere: »Der Taubenplage ist auf keinem anderen Weg beizukommen als durch Blausäuregas.«

Indes, das im Rat der Stadt sorgsam ausgetüftelte Verfahren, mittels blausäuregetränkten Brotkrumen das zum Volksschädling Nr. 1 kurzerhand erklärte Federvieh unter Ausschluß der Öffentlichkeit ins Jenseits zu befördern, mobilisierte stracks Tierfreunde in allen Lagern.

Acht von zwölf Vorsitzenden des Bundes gegen Mißbrauch der Tiere, dessen Landesgeschäftsstellenleiter zuvor noch im forschen Alleingang den Vergasern Grün gegeben hatte, konterten als erste der auf den Plan gerufenen Taubenschützer. Seite an Seite mit dem städtischen Tierschutzverein, der zwar gleichfalls für eine Reduzierung des mißlichen Vogelvolks, wenngleich unter humanen Verhältnissen – Vorschlag des Ersten Vorsitzenden: Verabreichen von Futter mit sterilisierenden Hormonen und Aufstellung von Nistkästen – gestimmt hatte, gingen die Retter der Vogelfreiheit zur Verteidigung der Tauben gegen die Wölfe im Stadtrat vor.

Unterdes, im Hickhack der Parteien – der Entschluß des Stadtrats wurde unter der finsteren Androhung einer Anzeige wegen Tierquälerei und im konzentrischen Bombardement der Eingaben und Sondergutachten bald rückgängig gemacht, bald offengelassen – machte sich die Stimme des Stadtvolkes in schrillen Leserbrief-Disputen in der Lokalpresse Luft.

Giftete ein Taubenzüchter: »Man sollte lieber Autos und stinkende Flugzeuge vergiften.« Höhnte ein Taubenhasser zurück: »Was würden die Tierfreunde unternehmen, wenn sie zum Beispiel Wanzen in ihrer Wohnung hätten?« Fragte peinlich-pikant eine weibliche Stimme: »Wo waren diese Stimmen, als Menschen vergast worden sind?«

Endlich, als noch ein lokaler Lyriker ins Match zwischen Taubenvergasern und Taubenerrettern einstieg und aus demokratischer Gesinnung reimte: »Drum in Sachen la paloma / Jung und Alt mitsamt der Oma / An die Urne, jetzt wird's Zeit / Bürger, auf zum Volksentscheid!« – schien das längst fällige Stichwort gefallen.

Allein, zum Entscheiden über das Schicksal seiner Friedensträger kam das Bürgervolk am St. Nimmerleinstag. Der jüngsten kalmierenden Verlautbarung des städtischen Gesundheitsdezernates – »Alles noch in der Schwebe!« – zum Trotz platschten an einem Tag wie jedem anderen plötzlich aus heiterem Himmel die ersten gasgefütterten Tauben auf den Asphalt der rheinischen Vatikansfiliale. Voll düsterer Ahnung, wem die Stunde geschlagen hatte, hängte sich der kurz vor Feierabend alarmierte Lokalredakteur des Stadt-Anzeigers an die Strippe ins Rathaus. Zögernd bestätigte ihm der Dr. Max Adenauer, 52, Oberstadtdirektor und Sohn des befristet amtierenden Bundeskanzlers Dr. Konrad Adenauer, 87, daß längst und bis zum Vergasen im Gange sei, wozu am Ende noch die Geistlichkeit – »Die Tiere belästigen die Gläubigen, verschmutzen die Kirchen und sind eine schlimme Plage.« – kollegial ihren Segen erteilt hatte.

Anderntags lasen es die teils erbitterten, teils befriedigten Stadtbewohner. Daß ihre Verwalter sie schlicht angelogen und sie kräftig auf ihre Ohnmacht hingewiesen hatten, nahmen sie klüngelerfahren und mit der brummigen Demut rheinischer Kirchgänger hin. Auf den resignierenden Schlußkommentar des Stadt-Anzeigers – »Ein Denkmal für die vergasten Tiere haben wir ja schon: den Taubenbrunnen vor dem Dom. In der Einweihungsurkunde hieß es: Dieser Brunnen möge den Tauben ein Labsal sein.« – erteilte der Volksmund den verschmitzten Bescheid: »Joot Duve kumme widder!«

Peter Faecke *Hohe Straße*

Fred hatte nicht vor, in dieses Viertel, in diese eine Straße zu gehen, und doch würde er unweigerlich dort landen. Er hatte dort nichts zu besorgen, weder er noch irgend jemand anderes hatte dort jemals etwas zu besorgen, aber er würde dort landen. Er war frei, woanders hinzugehen oder überhaupt nicht mehr zu gehen oder zu seinem Auto zu laufen und nach Hause zu fahren oder zu Linde oder zu einem zweiten Frühstück in die Südstadt oder auch nicht, aber so wie alles gebaut war, würde er dort landen. Wie Scheuerwasser, das aus den Kneipen und Läden geschüttet wird, würde er in diesem langgestreckten, hallenden Gullyloch enden, darauf lief es hinaus, das merkte er seinen Schritten an, so war alles angelegt, die bösartigen kleinen Geschwulste der Juwelen, das Geschluffe und Geschiebe und Gesuckele, die ersten spitzen Schreie des Entzückens und die dumpferen der Versagung und des Hohns und des Verhöhntwerdens kündigten schon die tägliche Peepshow an, die Hohe Straße, die Fußgängerzone, die Einkaufsstraße –

> für 12,90 heute radikaler Preissturz, lurexverarbeitet, durchgewebt, durchgewirkt, gell, ist ja fast geschenkt, ist ja zu teuer, 19,90, gell, ich hab gesagt, 12,90, das geht, der Preissturz wegen des Umbaus. 19,90 können Sie auch noch kaufen. Da sind noch welche, und da sind noch welche. Einmalig. Nein, bloß nicht, bloß nicht. Das ist Gold, das ist chic. Was Sie kriegen, gnädige Frau, 48 oder 46? Ja, die ist ja teurer. Ja ich meine, die können Sie auch haben, so meine ich das, die können Sie auch haben. Es ist so,

das wird für 39,– DM verkauft. Da können Sie sich schlafen legen, braucht nur Sauerstoff, geht auf wie eine japanische Lotusblume und ist schon wieder da. Ja, das ist die vollsynthetische Ware. Haben Sie gesehen? Ich habe nicht ausgeschüttelt, brauche ich auch nicht. Radikaler Preissturz heute wegen Umbau hier. Für 12,90 DM und keine 20. Lurexverarbeitet, durchgewirkt, durchgewebt, einmalig. Ist nicht drin, ja, wissen Sie, was haben Sie bezahlt für Ihre Jacke? Na ja, und, wenn ich jetzt sage, 24 sind zu teuer? Da gucken Sie, die Frau, die trägt den Pullover das dritte Jahr. Hat sie bei uns gekauft, bei unserer Firma, waren Sie zufrieden, gnädige Frau?

Ja.

Zwei oder drei Jahre, stimmt das?

Ja.

Ja, die habe ich verkauft. Ja, wir haben anständige Ware.

ein glitschig begehbarer Ladenwurm, ein Darm mit krebsigen Zysten in die Querstraßen hinein, ein Priel mit schwarzem Wasser, das mit abnorm hoher Strömungsgeschwindigkeit dahintrieb: Das Geschluffe und Geschiebe, die kleinen Schreie der Gier und der Not spritzten gegen die Schaufenster, zerplatzten auf dem bewaffneten Glas, den unbeweglichen Gesichtern von etwas erhöht stehenden Verkäufern und Ladenbesitzern, die den Schiffbrüchigen zusahen, und hämmerten zurück auf die Ohren dieser Schluffer und Schieber, auf die Ohren auch ihrer Kinder, die schon von den ersten Metern gegen das Ertrinken angurgelten, wie kaputte, schäbige Puppen mit verrenkten Armen hinterhergezogen wurden, im Gedränge ihre Eistüten fallenließen und sich damit die ersten Ohrfeigen, die ersten überreizten Nackenschläge einhandelten, wobei den Vätern und

Müttern und Omas und Onkeln die Einkaufstüten aufplatzten und weggeschwemmt zu werden drohten von den nachfolgenden Schluffern und Schiebern und wiederum gurgelnden Kindern, die in diesem Strom nur mit Mühe durch einige Buhnen, überlastete Schleusen und schnell kreuzende Patrouillenboote auf Kurs gehalten wurden.

Sie hatten also einfach den Strom verlegt. Immer mehr Spaziergängern und Teilnehmern an den Ausflugsfahrten auf dem Rhein waren bislang unbekannte Geschwüre an ihren alltäglichen Hautabschürfungen gewachsen, und um den Rhein nicht ganz zu verlieren, um nicht plötzlich eine Stadt ohne Rhein zu sein, hatten sie einfach diese Straße zum Strom erklärt, zu einer neuen Wasserstraße, zum Warenstrom mit Ansaugvorrichtungen an den Nebenarmen und mit Überläufen und Deichen und einigen wenigen Rettungsinseln – auf ihnen wurden jetzt den ersten Erschöpften, die inzwischen bereits zwei oder drei Stunden in dem schwarzen Wasser trieben, die in Strudel geraten waren, die sich quer zum Strom gedreht hatten und mit ersoffenen Haustieren zusammengeprallt waren, mit Hunden und Katzen und noch angeleinten Igeln und Hamstern, mit zerdrückten Kleiderschränken, Autositzen, Bauhölzern und großformatigen Anleitungen zum Kochen und Braten und kinderlos Glücklichsein, dem ganzen traurigen, abgesoffenen Gerümpel, das der Strom bei einer seiner gelassenen Überschwemmungen der Kölner Vorstädte mit sich genommen hatte –, auf ihnen wurden jetzt den ersten gefährlich Erschöpften eilig gewärmte, laue Brühwürste von Mitarbeiterinnen des Roten Kreuzes und des Malteser Hilfsdienstes gereicht.

Fred schob und stieß sich ein Stück hinter einem Einarmigen in einer schwarzen Lederjacke her, der jeder Frau, die er überholte, scharf eine Sauerei ins Ohr sagte. Die Frauen waren ohnehin schon gereizt und angefaßt von dem Schieben und Schluffen und Getriebenwerden, den hier und da aufplatzenden Geschwüren der ausgelegten Colliers und vergitterten Pelzen, die sie selbst und ihre Männer und ihre geborenen und ungeborenen Kinder verhöhnten, indem sie ruhig auf ihr Nachgeben, auf ihre sehnsuchtsvolle Müdigkeit warteten. Hier konnte sich der Einarmige risikolos aufregen. Später würde er sich schwitzend in einer Tiefgarage, in dem Klo einer Kneipe oder in einem Park abladen, hoffentlich allein dann, hoffentlich allein, damit keine Sechs- oder Zehnjährige die Rechnung beglich, die Fred ihn eben ausstellen sah.

Lange hatte Fred dieses Viertel gemieden. Aber die Zysten und Metastasen hatten sich ausgeweitet. Sie waren auch in den anderen Städten aufgebrochen und selbst in den Kleinstädten gewachsen und schließlich sogar in jenen zu groß geratenen Dörfern, die lieber Kleinstädte gewesen wären, so daß dieses Gewebe aus Städten und Kleinstädten und zu groß geratenen Dörfern von Flensburg bis südlich von München inzwischen überall die gleichen verkrebsten Flecken aufwies, dieselben Namen auch von Ladenketten, dieselben Steuerberater und Apotheker und Chefärzte und Heizölhändler und Rennstallbesitzer und Autohändler und Reiseveranstalter und Zuhälter und Hehler und Dealer, die schnell mal ihr Geld einsetzten und verdoppelten oder auch verloren. Und es hätte daher die Weigerung bedeutet, einen noch immer größer werdenden Teil des Landes weiter zur Kenntnis zu nehmen. Und es hätte bedeutet, dem Kitzel und der Wut nicht nachzugehen. Und es hätte für Fred auch bedeutet, auf eine brauchbare Art des Nachdenkens, ja tatsächlich des sich Besinnens, zu verzichten, denn nirgends fand er sich so allein wie in dem lichtlosen, schwarzen Wasser dieser Straße.

Vor gut dreißig Jahren waren hier die Leichen der Bomberangriffe auf Köln gestapelt und mit kleinen Pappschildern versehen worden, auf denen die Fundstelle vermerkt war. Die Straße war unbewohnt geblieben. Nachts trieb der Wind leere Cola- und Bierdosen über das Pflaster, ein Wachmann kickte sie weg, einem grummelnden Penner rollten sie in die Bier- oder Wein- oder Pisselache, in der er lag. Nachts hatte die Straße noch eine Vergangenheit, die Vergangenheit der Trümmer, des Unbewohnbaren, der Pappschilder, auf denen Querstraßen oder Hausnummern verzeichnet gewesen waren. Am Vormittag aber schwoll der Strom wieder an und deckte die Vergangenheit eilig und lückenlos zu mit seinem schwarzen Wasser und mit seinen ersoffenen Hunden und Hamstern und dem zerborstenen und zerquetschten Gerümpel aus der Vorstadt und erlaubte nur eins: blanke, unabdingbare, strudelnde und gurgelnde Gegenwart.

Und wenn Fred auf dieser Straße ging, sich in diesem Strom schob und drängelte und gedrängelt wurde (und wieder die Männertraube vor dem Waffengeschäft hängen sah und wieder die vollgeschwitzten und samenfleckigen Träume von Gewalt in den Schlafzimmern und Küchen und Garagen und wieder die Kinder, die auch heute wie kaputte, schäbige Puppen hinterhergezogen wurden), konnte er nichts anderes machen als eben gehen oder schieben oder drängeln oder gedrängelt werden, es war jetzt so, anders war es nicht, es war auch seine Gegenwart, es war die Gegenwart der Gegenwart. Und wenn sein Herz schwer war, dann war es hier besonders schwer. Und wenn er auf einige pfeifen konnte, dann begann er hier zu pfeifen. Dann konnte er die Straße zu einem lustigen, langgestreckten Puff mit Nebenhöhlen und Zwischenböden zusammenpfeifen, mit allen Praktiken und deren Variationen, von vorne und von hinten, vom Kronleuchter und am Reck, dann zog er mit Miklosz, der ein neues Hörspiel im Kopf hatte und wieder ein paar Gutwillige für dessen Ausführung suchte, über die Straße, dann zogen sie mit Gretl und Heidi über die Straße, und die eine war verschnupft oder hatte Polypen, und die andere hatte wenig Zeit und noch dazu einen kaputten Schuh und Ärger mit dem Freund, aber es machte Spaß, es machte ihnen allen Spaß, und so ertrugen sie diesen Puff und benutzten ihn für ihren Spaß –

Schicke Männerhöschen. Elefantenhaut, guck mal. Da haben sie Elefanten gehäutet.

Ach was.

Nein, Elefantenhaut, das ist kein Plastik. Haben die Elefanten gegerbt.

Guck dir das mal an, Heidi. Für 12 Personen 1.100,– – ach, das geht noch, für 12 Personen 1.124,– DM. Könnte ich keine Tasse von spülen. Hätte ich immer Angst, die ginge mir kaputt. Die Löwen, die Tiger, nein Leoparden sind das.

Was hatte die Ulla sich zur Hochzeit gewünscht?

Guten Abend!

Einen Fisch, nicht?

Das war die Pißnelke von oben, weißt du, die ...

Ach ja? Jaja, der Schwule, nicht?

Doch, der ist nicht schwul, so ein Klein-Mädchen-Anfasser. Der da oben bei uns wohnt, das ist der. Oh, den kann ich nicht verknarren, den Typ, dem könnte ich dauernd so in die Fresse hauen. Dann quatscht der immer die Nina an. Und ich weiß nicht, also bei dem hätte ich richtige Angst, du, daß der die Nina im Flur vernascht.

Ja?

Oder auch die Kinder von Frau Eichstädt, und dann sagt er immer: Grüßt mir eure junge hübsche Mutter sehr und so n Schit.

Nein!

Die lachen sich doch nur kaputt, die Blagen.

Was sagst du eben, was hat die Ulla sich gewünscht, einen Fisch?

Ja, weißt du das nicht mehr, von Hüperling.

Ja, doch, ach sieh mal, so Hintergründe liebe ich ja dann, mit so Bergen und Wolken ... und hat sie es dann gekriegt?

Ja doch, von Hüperling, zur Hochzeit. Weißt du das nicht mehr?

Weiß ich überhaupt nicht mehr, nein.

Da habe ich neulich so wieder etwas gelesen, da hat ein Mann auch wieder so was genommen, ach nein, und zwar, da hatte irgend jemand so was gemacht mit spanischer Fliege. Das ist doch so ein Aufputschmittel, ist aber ein Gift. Hat der das den Leuten gegeben, und die sind alle furchtbar krepiert, so auf die ganz böse Tour.

Ach du lieber Himmel.

So als Anregerpille, und dann war da alles zu spät. Na ja, das ist also unheimlich ... tausendstel Milligrämmchen oder so etwas.

Jaja.

Was ist denn da? Da ist ein Geschäft kaputtgegangen. Eingebrochen. Nein, haben die abgerissen. Da kommt schon wieder ein neuer Besitzer rein.

Hier haben sie schon zugemacht.

Die haben alles hinter Gittern. Ich weiß auch nicht, warum.

Der Hund scheißt gleich.

Ja.

Der kann ja gut dekorieren, was, du?

Guck dir das mal an.

Ist schon ein irres Ding.

Ullis Mutter hat ja einen bekommen zu Weihnachten. Der ist unbezahlbar. Ich weiß nicht, ich glaube 20.000,– DM hat er dafür gegeben. Da hätte er einen Porsche für kaufen können, so teuer war der.

Nun ja, das sind so die richtigen Dinger so, wenn der Rudi richtig Geld hätte, würde der auch, und wenn der nicht so kniestig wär, nicht.

Jaja.

Singing bird. Hier Original Dresden. So ein Röschen 10,90 DM, was kosten die Figuren? Das ist alles Original. Handcarvets.

Guck mal da, die Feuerzange. Da bezahlst du im Geschäft 3,90 DM für und hier 6,– DM.

Jaja.

Das gibt's doch nicht.

Guck mal da, mit den Blümchen 7,– DM.

Ja.

Ja, die nehmen hier die Touristen aus.

Und das da, das ist so nahöstlich oder fernöstlich.

O Gott.

Du weißt doch, da sitzt da immer so ein Hund, kennst du den nicht, so klein ist der, ganz dick, und die sind furchtbar teuer, die Hunde.

Ein Mops?

Ja, ein Mops. Und der hat immer die Zunge so raushängen.

Immer.

Ein echter oder ein kaputter?

Ein echter. Lachst dich kaputt.

Und wo sitzt der, auf dem Tisch oder auf dem

Stuhl?

Nein, auf der Erde. Und der macht immer die Zunge so.

Doll, nicht, wie ein Mops sieht der aus ...

Fred kaufte einen Packen Socken, sechs Paar 15,– Mark, reine Baumwolle, Größe 43–46, zweimal dunkelblau, zweimal hellblau, zweimal weiß, jetzt wußte er Bescheid, und mit dem Päckchen in der Hand war er dabei. Er kaufte noch eine Stange Zigaretten und eine Pfeife zweiter Wahl, mit drei Päckchen war er noch mehr dabei, und überließ sich wieder dem Strom.

Ulla Hahn
Studentenprotest auf Kölsch

Gabriele Ewenz: In den 1960er/1970er Jahren entwickelte sich in Köln vermehrt eine literarische Szene. Bedingt durch die hier ansässigen Literaturverlage, die großen Rundfunkanstalten und interessanten Veranstaltungsorte wurde die Stadt für viele Autoren und Autorinnen als Lebens- und Schreibort attraktiv. Wie haben Sie die Literaturstadt Köln damals wahrgenommen?

Ulla Hahn: Als Literaturstadt? Wohl kaum. Dafür nahm mich die reale Gegenwart viel zu sehr in Beschlag. Ich brauchte Geld. Dafür war die studentische Arbeitsvermittlung da. Erinnerungen an meine Jobs während meiner Zeit in Köln würden Bände füllen. Verkäuferin von Lexikon-Abos, Model für Kindermode, Brathähnchen-Verkäuferin, Testesserin, Stadtführerin, Statistin beim Film und Fernsehen, Serviermädchen, Hostess bei der Bundesgartenschau, zahlreiche Bürojobs.

...

Ich hatte einen Job bei einem HNO-Arzt als Sprechstundenhilfe. Dort gab es ein Bonbonglas, aus dem ich brave Kinder belohnen durfte. Nur die von Privatpatienten. Nicht mit mir. Als mich der Arzt bei meiner »falschen« Verteilung erwischte, – jemand musste mich verraten haben –, kanzelte er mich vor versammeltem Wartezimmer ab und feuerte mich. Auf der Stelle. Einer der Patienten hielt mich zurück.

Hut ab, lachte er mich an. Ohne Äktschen keine Sätisfäktschen. Donnerwetter! Sie können reden. Und wie steht es mit dem Schreiben? Sie brauchen doch jetzt sicher einen Job?

Der Mann nestelte eine Karte aus der Brusttasche seines Sakkos.

Kölner Stadt-Anzeiger, las ich, Jupp Hempel, Redakteur, Sportredaktion. Ich sah Jupp Hempel fragend an.

Muss ja nicht nur Sport sein, erklärte der. Volontäre oder freie Mitarbeiter können wir immer gebrauchen. Und wenn Sie gerne schreiben ...

Hörte ich recht? Der Mann bot mir eine Stelle beim *KStA* an? Ja, ja, klar schreib ich gern, ich meine, ja, auch über Sport. Fußball, stieß ich hervor, als hätte ich das Lösungswort gefunden. Fußball, da kenn ich mich aus. Wolfgang Overath, setzte ich noch eins drauf. Günther Netzer.

Hempel lachte laut heraus. Na, viel ist das gerade nicht. Aber kommen Sie doch bald mal vorbei. Hier haben Sie doch nichts verloren.

Genau. Ich griff noch einmal tief ins Bonbonglas und füllte mir die Taschen, drehte eine Runde durchs Wartezimmer und brachte die Beute unter die Leute, die mir schmunzelnd alles Gute wünschten.

Am nächsten Tag saß ich auf Jupp Hempels Besucherstuhl vor seinem Schreibtisch. Und stud. phil. Ulla Hahn bekam ihren ersten Job: Journalistin. Mein erster Auftrag: ein Interview mit Wolfgang Overath.

Hempel stellte mich seinem Kollegen im Archiv vor, der suchte mir zig Artikel über den Kölner Fußballer heraus. Die ich tage- und nächtelang studierte, parallel dazu die Sonette August von Platens, für ein Referat zu einem Sonett, das beginnt:

»Es sehnt sich ewig dieser Geist ins Weite / und möchte fürder immer fürder streben / ...« Nach Veränderung streben wollte dieser »Geist«, nicht an »der Scholle kleben«, das Weite suchen. Da gingen mir Fußball- und Dichtersprache zu vorgerückter Stunde durcheinander, und es packte mich: Ich würde dem bewunderten Fußballer ein Sonett verehren!

...

Ich bat den Star um einen Termin. Und holte mir beim *Kölner Stadt-Anzeiger* ein Tonbandgerät, Uher hieß das, ich konnte es kaum schleppen.

Wolfgang Overath fuhr bei meinem Anblick buchstäblich zusammen, so erbarmungswürdig musste ich ausgesehen haben, wie ich da das schwere und sperrige Uher ins Vereinslokal der Geißböcke schleppte. Er sprang auf und nahm mir das Gerät ab, wodurch ich mich wenigstens aufrichten und meine verzwergt geduckte Gestalt straffen konnte. Professionell sah es offenbar nicht aus, wie ich die Tonspulen in Gang zu setzen mich abmühte, doch auch da wusste der Fußballprofi Bescheid. Mitleidig und ein wenig von oben herab beantwortete er meine ersten Fragen, die ich von meinem Zettel ablas. Doch dann merkte er, dass ich mich wirklich gut vorbereitet hatte. Er ging aus sich heraus, und ich vergaß meinen Zettel. Führten wir ein Gespräch? Jedenfalls versuchten wir mehr als ein Frage-Antwort-Pingpong. Schließlich tranken wir noch zwei Kölsch, eins auf ihn, eins auf mich, und dann half Overath mir, das Gerät zu verstauen. Dabei passierte es. Ein ausgewachsener Schäferhund raste in großen Sprüngen auf Overath zu und sprang ihn an. Ihn und das Gerät. Er hielt es umklammert, aber die Spulen fielen heraus, der Hund schnappte danach, packte eine ins Maul und zerrte die Bandschlange hinter sich her. Schon war der Hausmeister draußen und setzte Bello brüllend nach. Da quoll mein erstes Interview aus einer Hundeschnauze, zog sich über das Vereinsgelände des 1. FC Köln, sprach zu Gras und Gänseblümchen und nie mehr zu mir. Ich war den Tränen nahe, Overath dem Gelächter. Er rief Hempel an, und wir tranken ein drittes Kölsch. Das schaffen Sie doch locker aus'm Handgelenk, richteten die beiden mich auf. Ich tippte noch am selben Abend aus dem handgelenkten Gedächtnis in die Maschine. Doch Hempel war irritiert von der allzu menschlichen Note, wie er sich ausdrückte, die ich dem Interview gegeben habe. Es wurde nicht gedruckt. Genauso wenig wie das Sonett, das ich nach der Aufregung mit dem Tonband in der Tasche gelassen hatte. Danach vertraute man mir vorzugsweise Jahrestreffen katholischer Vereine an, wovon es jede Menge gab im hillije Kölle, insbesondere Kolping und Frauenvereine. Und Tiere. Tote Schwäne am Aachener Weiher waren mein Einstieg. Ich wurde Expertin für Erstgeburten im Kölner Zoo. Affenbabys, Zebrakinder, und immer wieder Erdmännchen wurden nach mir getauft. Dabei hätte ich es so gerne zu einer kleinen Elefanten-Hilla gebracht.

War das alles wichtig? Nein. Egal. Was wirklich zählte, war das Studium. Und das Leben. Das war spannender als jedes Buch. Alles schien möglich. Da hieß es kämpfen für eine bessere Welt. Und dieser Kampf begann, so wie beim HNO-Arzt, ganz konkret für Bonbons für alle. Und gegen eine Preiserhöhung der KVB, der Kölner Verkehrsbetriebe. Meine erste Demo!

...

Von der Mensa zu den Schienen waren es nur ein paar Schritte. Der Regen wütete, als wollte Petrus uns bedeuten: Kinder, überlegt es euch nochmal. Blind vom Regen, der mir aus den Haaren in die Augen triefte, stapfte ich auf die Menge zu – in der Zeitung am nächsten Morgen waren es ein paar hundert –, bemüht, mich am Rand zu halten.

Zunächst blieben wir auf den Gleisen stehen, während der AStA-Vorsitzende durchs Megaphon die asoziale Preisgestaltung, wie er sich ausdrückte, der KVB geißelte. Mir rann der Regen in den Kragen, und ich verdrückte mich in einen Hauseingang, machte endlich den Schirm auf und gesellte mich wieder zu den Kommilitonen, von denen nun einige auch unter Schirmen Zuflucht gesucht hatten. Immer noch standen wir, immer noch prasselte die Stimme des AStA-Vorsitzenden in den Regen, mischte sich mit dem Tropfencrescendo auf meinem Schirm. Jahre später, als ich die ersten Takte der *Indianerlieder* von Karlheinz Stockhausen hörte, kam er zurück, dieser prickelnde Regenton an diesem frühen Nachmittag, Zülpicherstraße Ecke Universitätsstraße, jetzt jedoch quietschte da eine Straßenbahn, Linie 15 Richtung Innenstadt, musste bremsen, stand still. Nach und nach stiegen die Fahrgäste aus und machten sich hastig davon. Eine zweite Bahn stockte, dann die aus der Gegenrichtung, der Autoverkehr lief weiter. Martinshörner. Die Polizei. Verlassen Sie sofort die Jleise! Der Tonfall freundlich, beinah gemütlich.

Hinsetzen! Konterte der AStA-Vorsitzende. Hinsetzen, nahm die Menge den Schlachtruf auf und wirklich, die meisten schreckten vor den herbstkalten Schienen nicht zurück, gingen in die Hocke und auf den Hintern: »Soziale Preise«, »Gerechte Tarife«, »Immer auf die Kleinen«, die Plakate stachen aus den Regenschirmen hervor, die ein Dach über den Gleisen schlossen. Meist waren es Männer, die sich das antaten, viele in Anzug, Hemd, Krawatte. Mir für 1 Mark und 28 Pfennig einen nassen Hintern zu holen, ging mir zu weit, die meisten Kommilitoninnen dachten wie ich, blieben unterm Regendach um die sitzenden Männer herumstehen. Aber es machte Spaß, lauthals loszubrüllen: »KVB Nee« oder »KVB tut weh«, das Gebrüll an sich tat gut. Gut tat, dass wir gemeinsam brüllten, dies vor allem.

Die Polizisten stiegen aus. Der Regen wie ein Gitter zwischen ihnen und uns. Von den Rändern her drang die Ordnungsmacht kreisförmig vor in die Mitte auf die Gleise, wo sie die Rädelsführer vermuteten. Paarweise schleppten die Ordnungshüter sie, an Armen und Beinen untergefasst, an mir vorbei. Doch für jeden Fortgetragenen rückten drei von uns nach, und so grub sich ein nasskaltes Gleis der KVB schließlich auch in mein Hinterteil. Nun, im Auge des Taifuns, konnte ich hören, wie einer der Wortführer – der AStA-Vorsitzende war schon gegangen, am Rudolfplatz war noch mehr los – mit den Polizisten sprach, in zwanzig Minuten räume man die Gleise sowieso, das seien doch nur noch zwanzig Minuten, inzwischen könne die Linie 15 ja schon mal rückwärtsfahren, um die Kreuzung für die Autos frei zu machen. Nur vorwärtsrollen dürften die Bahnen nicht. Und wirklich: Die Polizei zog sich zurück. Die Linie 15 blieb stehen. »Glory Glory Halleluja«, stimmte der Schlichter an, »Glory Glory Halleluja«, sangen wir bis genau 14.30 Uhr. Da bat eine Frauenstimme, die Gleise zu räumen, und wir erlösten unsere eisnassen Hinterbacken von den Stahlstriemen der KVB. Mit rasantem Gebimmel, als wollten sie sagen: Ätsch, und was habt ihr jetzt davon!, rollten die Bahnen wie eh und je in beide Richtungen. Und wir sangen: »We shall overcome some day!«

Ich rannte nach Hause, unter die Dusche, und das mitten am Tag, was mindestens so revolutionär war wie meine erste Demonstration, offiziell ein Sitzstreik.

Heute scheinen mir meine sechziger Jahre in Köln wie eine Kette von Demonstrationen. Da war der Ostermarsch, den ich frischverliebt mit meiner ersten Liebe erlebte. Da ging es immer wieder gegen den Krieg in Vietnam. Der eigentliche politische Weckruf für viele meiner Generation aber war der Tod von Benno Ohnesorg.

»Studenten treten in Vorlesungsstreik.« Meldete der *Stadt-Anzeiger.* Auch in Köln. Sechstausend waren wir in einem Trauer- und Protestmarsch für Benno Ohnesorg von der Universität zum Neumarkt.

Nicht nur Studenten waren dem Appell gefolgt; auch 94 Professoren, Dozenten und wissenschaftliche Mitarbeiter hatten unterzeichnet. Die meisten hielten sich zurück. Auch Erwin Scheuch, unser Soziologieprofessor, bei dem ich mich gerade auf den großen Statistikschein vorbereitete, war dabei. Er hielt die Hauptrede, die genau das ausdrückte, was mit mir wohl die meisten fühlten: Trauer und Wut. Und die Forderung, wachsam zu bleiben, wenn demokratische Grundregeln gefährdet würden.

Nach der Kundgebung verteilte man sich in die umliegenden Kneipen, die Linken ins Keldenich, die eher Rechten in die Ritterschänke, und wem es nur ums Kölsch ging, der machte sich ins Hatsch in der Kyffhäuserstraße oder ins Plenum auf. Und ich schlenderte mit meinem Freund, Hugo, vom Neumarkt durch die Schildergasse, wo Klaus der Geiger die Internationale in immer neuen Triolen umspielte, wir bogen in die Hohe Straße zum Dom: eine Kerze vor der Schmuckmadonna, die andere beim Antonius, beide für Benno.

Doch es waren nicht nur politische Fragen, die uns beschäftigten. Auch unser Verhältnis zur Literatur begann sich zu verändern. Vom Ostermarsch stammten die Broschüren: Protestsongs gegen die Atombombe, gegen den Krieg in Vietnam, gegen Zechenschließungen, Texte, direkt von der Wirklichkeit veranlasst, wollten direkt zurückwirken. Texte von schreibenden Arbeitern der Gruppe 61 hatten wir mitgenommen, Texte, die sich einmischen wollten, Gehör verschaffen bei denen, von denen sie handelten. In Köln allen voran »Floh de Cologne« mit seinem rebellischen Programm.

Aber auch die Literatur der Literaten, der Nachfolger derer, die wir in den Seminaren studierten, änderte sich. Und als es dann zwei Jahre später gegen die Notstandsgesetze ging, standen Heinrich Böll, Jürgen Becker und Dieter Wellershoff auf dem Neumarkt und riefen zum bundesweiten Sternmarsch auf Bonn auf. Dort begegnete ich auch zum ersten Mal Erich Fried, den ich Jahre später in Hamburg und Bremen immer wieder traf und dem ich bis zu seinem Tod verbunden blieb. Ihm zeigte ich meine ersten Gedichte. Bis heute habe ich seine Stimme im Ohr: »Glaub ja nicht, dass dir ein Gedanke, ein Bild, ein Wort wieder einfällt, wenn du erst wieder am Schreibtisch sitzt. Schreib sofort auf, wenn dir etwas einfällt.« Seitdem habe ich, seit nun gut fünfzig Jahren, immer Zettel und Stift dabei, wie ein Taschentuch.

Fanatisch, radikal wie in vielen anderen Städten, ging es in Köln ganz selten zu. Bestes Beispiel ist der Protest gegen Springer nach dem Attentat auf Rudi Dutschke. Vorher hatten wir von ihm immer nur als Dutschke gesprochen. Jetzt war er nur noch Rudi. Unser Rudi. Wie unser Benno.

Aber diesmal war da kein Scheuch, der zur Besinnung rief. Diesmal siegte über die Trauer die Wut: »Bild hat mitgeschossen!« war die bundesweite Parole.

In mehr als zwanzig Städten kam es in den nächsten Tagen zu Protestaktionen gegen Springer und *Bild*, Straßenschlachten, die über vierhundert Leicht- und Schwerverletzte forderten. Und zwei Tote.

Einzig in Köln war der Verleger Alfred Neven DuMont zum Gespräch bereit und erlaubte den Protest auf dem Firmengelände des *Kölner Stadt-Anzeigers*, von wo die *Bild*-Zeitung ausgeliefert werden sollte. Dies wurde verhindert. Alle anderen Zeitungen wurden ausgeliefert. Springers Strafe folgte auf dem Fuß: Der Druckauftrag wurde gekündigt. Den übernahm das SPD-eigene Druckhaus Deutz.

Ähnlich wie Scheuch ein Jahr zuvor sprach Neven DuMont mit der Stimme der Vernunft. »Stellen wir die Studenten auf die Probe, ob sie eine echte Demokratie mit uns zu führen bereit sind. Die Mehrheit wird bereit sein.«

Sogar etwas mehr als 600 Mark hatten Kölner Anti-Springer-Demonstranten für die *Bild*-Verkäufer vor Ort gesammelt, um deren Verdienstausfall auszugleichen.

»Berlin brennt! Köln pennt!«, wurde das besonnene Verhalten von radikalen Aktivisten bundesweit kommentiert.

Anders als beispielsweise in Paris – »Die Phantasie an die Macht« – führte unser Unmut meist nicht zum revolutionären Schulterschluss auf den Straßen, sondern zum gemütlichen Schulterklopfen in den Kneipen: Drink doch ene mit. Auch das ist mein Köln!

Oder man machte einen Abstecher nach Italien. Ins Café Campi. Neben »Glockenschuh« und »Mouson

Lavendel« auf der Hohe Straße sein schwungvoller rosa Neonschriftzug: »Campi«.

Unvergesslich mein erster Besuch dort, mit meinem Bruder, der mich bei meinem Umzug nach Köln begleitet hatte. Wie oft waren wir bei unseren Einkäufen mit Mutter, Tante, Kusinen hier mit großen Augen vorbeigelaufen. Nicht einmal mit dem Vater war ich damals hier eingekehrt. Zu unerhört dieser Luxus. Nun war es so weit: ein schmaler, langer Raum, Eistheke vorn und blitzende Espressomaschinen, an der Wand entlang eine Bank, davor winzige, runde Tische mit noch winzigeren, plastikrot gepolsterten Stühlchen auf staksigen Chrombeinchen. Tulpenförmige Lampen bildeten zwei schnurgerade Reihen sonnengelber Kreise. Gegenüber der Theke eine Treppe nach oben. Neben der Theke an der Kasse zählte ein drahtiger braungebrannter Mann mit hoher starrer Bürstenfrisur Geldscheine. Sein Gesichtsausdruck entrückt und konzentriert.

Vorbei an der langen, mit Spiegelglas besetzten Bar; hinten auf der Bank gab es für uns noch zwei freie Plätze. Oben zu sitzen war etwas für alte Tanten. Das, wofür das »Campi« berühmt war, die Musik, hörte man am besten hier unten, wo auf einer Hi-Fi-Anlage der Chef selbst, wenn er nicht gerade Geld zählte, die neuesten Jazz-LPs auflegte. *Softly as in a morning sunrise* hüllte uns ein, Kaffeeduft wie nach verbrannten Kohlen, Nebelbänke von Rauchschwaden, je weiter man in den Schlauch vordrang. Senoussi-Schachteln, Rothändle, Gauloise lagen neben übervollen Aschenbechern.

Auch Jahre später mit Hugo kam ich immer wieder her. An der Tür hinter der Kasse saß noch immer Gigi und zählte sein Geld, die Haare der jungen Männer hinter den runden Tischen vor der plastikgepolsterten Bank waren länger geworden, die Röcke der

Mädchen kürzer, die Luft wie eh und je zum Schneiden vom Zigarettenqualm und südländisch bitterem Kaffeeduft, und eine elegant gekleidete ältere Frau nahe der Tür rief uns gemütlich an: Mach de Pooz zo, et trick. (Mach die Tür zu, es zieht.) Im »Campi« hatten alle Platz, Redakteure vom WDR machten hier mit Kollegen Pause, Landfrauen erholten sich von der Einkaufstour, Studenten tauchten hier aus all dem Engagieren einmal ab in die Welt des Establishments, im Café Campi gerade noch zu vertreten. Auch die Musik war sich gleich geblieben, gepflegter Jazz, Miles & Monk statt Radio-Luxemburg-Schnulzen oder Beat, *Softly as in a morning sunrise ...*

Navid Kermani *Zum siebzigsten Geburtstag des 1. FC Köln*

Köln, MTC-Hallen, 17. November 2018

Herr Präsident, meine Damen und Herren, liebe Sportfreunde,

gestatten Sie mir, mit einer Frage zu beginnen, die über den 1. FC Köln hinausgeht: Warum lieben wir den Fußball? Mehr als jeder anderen Institution gelingt es dem Fußball heute noch – vergleichbar am ehesten dem Theater in der Antike oder über viele Jahrhunderte der Religion –, einen öffentlichen Raum zu schaffen für ergreifende Erfahrungen: atemlose Spannung, Trauer, Zorn, Häme, Bangnis, Verzückung, Scham, Zusammenhalt, Dankbarkeit, Stolz. Wo sonst in der modernen Gesellschaft würden sich erwachsene Menschen jubelnd in die Arme fallen oder kreischend auf ihren Sitz springen, die unflätigsten Flüche herausschreien, hemmungslos weinen wie Kinder, vor Angst in Schweiß ausbrechen, vor Freude zittern, vor Glück oder Verzweiflung nur noch blöd stammeln? Wo sonst als auf dem Platz beziehungsweise im Stadion durchlaufen wir noch kollektiv und nicht nur als einzelne alle Höhen und Tiefen des Lebens, Sieg und Niederlage, Aufstieg und Abstieg?

Der 1. FC Köln ist entgegen seinem Selbstbild nicht der größte Fußballverein der Welt neben allenfalls noch Real Madrid. Wir haben nicht die meisten Titel errungen, haben schon lange nicht mehr das meiste Geld, kein Kind in Mali oder in China trägt die Raubkopie unseres Trikots. Höchstes bei der Anzahl unserer Abstiege spielen wir noch um die Spitze mit. Aber der 1. FC Köln hat in den siebzig Jahren seines Bestehens wie kein anderer Fußballclub jedenfalls im Rheinland, liebe Gladbacher, Düsseldorfer und erst recht ihr paar Claqueure eines Chemiewerks im Schatten Kölns, und wahrscheinlich auch, um es mit der Bescheidenheit zu sagen, die man an uns schätzt, also natürlich wie kein anderer Verein auf der Welt uns mit dem beschenkt, was den Fußball ausmacht, weshalb wir den Fußball lieben: mit gemeinsamen – und seien es gemeinsam durchlittenen – Emotionen. Mit unerhörten Dramen, mit phantastischen Charakteren, mit Geniestreichen, allerdings ebenso mit fürchterlichen Niederlagen und ja, auch mit schon pathologischem Wahnsinn. Mit Aufstiegen und Abstiegen so hoch und tief wie in jedem Menschenleben. Und sogar, wie in den Religionen, mit Geburt, Tod und Auferstehung. All das hat uns der 1. FC Köln in den siebzig Jahren seines Bestehens beschert, Verdammnis und Erlösung, Hölle und Paradies.

Als ich dem FC verfiel, 1972 in Südwestfalen im Alter von vier Jahren, im Tor Welz, hinten Kapellmann, Cullmann, Weber und Konopka, das Mittelfeld mit Overath, Simmet und bereits mit dem viel zu früh verkauften, so früh kaputtgetretenen, viel zu früh verstorbenen Heinz Flohe, vorne Löhr, ich habe die Namen noch von den Radioübertragungen im Ohr und ebenso von der Sportschau das rote Trikot vor Augen, wunderschön mit den weißen Ärmeln – als ich nicht wie die Erwachsenen zu Dortmund oder Schalke hielt, auch nicht wie die anderen Jungs im Kindergarten zu den erfolgreicheren Bayern oder Gladbachern überlief, da hatte unser Verein seine glorreichste Zeit schon hinter sich. Aber wenn ich heute überlege, was mir als Kind von dieser sagenumwobenen Vorzeit wirklich imponiert hat, waren es nicht die Meistertitel in Serie gewesen, ungefährdet, leichtfüßig und souverän. Eingeprägt, als vorgeburtlicher Mythos in die eigene Erinnerung eingegangen ist mir natürlich – und Ihnen, liebe Sportfreunde, wird es vermutlich genauso gehen – das Drama von Rotterdam.

Es war ja nicht der Münzwurf allein. Es war bereits die vierte angesetzte Partie nach zwei Unentschieden und einer Spielabsage fünfzehn Minuten vor Beginn, Wolfgang Weber hatte trotz Beinbruch weitergespielt und der FC trotzdem einen 0:2 Rückstand aufgeholt, Hannes Löhr war mit einem Faustschlag des Liverpooler Kapitäns ungeahndet niedergestreckt worden, kurz vor Schluß hatte Hornig ein einwandfreies Tor geschossen, das der Schiedsrichter aus bis heute unerfindlichen Gründen nicht gab, der Dauerregen, der den Rasen in Morast verwandelt hatte, die gänzliche Erschöpfung selbst in den Gesichtern der Zuschauer, der Funktionäre, der Schiedsrichter, und dann war die Münze – kein Autor hätte eine solche Geschichte schreiben können, solche Tragödien schreibt nur der Fußball –, dann war die Münze auch noch beim ersten Wurf des Schiedsrichters senkrecht im Schlamm steckengeblieben, neigte sich allerdings heftig zur Kölner Seite, worauf der Liverpooler Kapitän – ja, eben jener Schurke! – den Schiedsrichter rasch zu einem neuerlichen Wurf drängte, so daß uns das Schicksal erst mit dem zweiten Schlag traf. Ist doch klar, zu wem ein Kind hält, wenn es eine solche Geschichte hört, die echten Helden können auch in der Literatur nur tragisch sein. Sieg oder Niederlage sind schon mit dem nächsten Spiel, spätestens der nächsten Meisterschaft vergessen, aber dies hier, die Tapferkeit von Bulle Weber und die Unerbittlichkeit des Zufalls, die brennen sich lebenslang ins Gemüt ein, selbst wenn sie für uns Jüngere nur eine Erzählung sind. Im übrigen hatte der FC den Geißbock, und gegen Hennes kommt in keinem Kinderherzen ein Stofftier an, in dem nur ein Mensch steckt.

Den Rest der Erzählung bis heute habe ich dann selbst erlebt, das Endspiel gegen den zugegeben ebenfalls grandiosen Günter Netzer, das Double, die Pokalsiege und die Pleite im Rückspiel gegen Nottingham, die Duelle mit den Bayern in den achtziger Jahren, Christoph Daum, der Uli Hoeneß leider nur im Sportstudio, aber nicht in der Tabelle besiegte, die verlorenen Häßler-Millionen, Mach et, Otze, und der unaufhaltsame Niedergang in den neunziger Jahren, die schändlichen Pfiffe gegen Pezzoni, der Stadionsturm beim letzten, dem bittersten Abstieg, Poldi, der unter Tränen in die Kabine flieht, und siehe da, plötzlich werden wir doch seriös, steigen auf, qualifizieren uns sogar für Europa, nur um gleich in der nächsten Saison die allerschwärzeste Serie der Vereinsgeschichte hinzulegen und den unnötigsten Abstieg, seit die Kugel rollt. Also fangen wir mal wieder von vorne an, träumen zuletzt gegen Schalke noch in der neunzigsten Minute vom Endspiel in Berlin, nur leider träumt unsere Abwehr genau eine Minute zu viel. Dafür gewinnen wir anschließend zu Fastelovend mal eben 8:1. Wir sind eben doch nur ein Karnevalsverein, und das ist, wenn man nicht gerade Präsident, Manager oder Trainer ist, ja auch wirklich wunderschön.

Und wieder: Wenn ich überlege, was diese tiefe Verbundenheit gestiftet hat, daß ich selbst während einer Kriegsreportage in Afghanistan samstags ein Internetcafé aufsuche, um zwischen zwei mutmaßlichen Taliban den Newsticker des *Stadt-Anzeigers* zu verfolgen, diese nicht nur kindliche, sondern oft genug auch kindische Liebe zum gar nicht immer so sympathischen FC – dann waren das nicht nur oder zum kleineren Teil die Siege. Die Meisterschaft 78 zum Beispiel wäre nur halb so schön gewesen, wenn wir nicht zuvor Jahr für Jahr auf den Plätzen gelandet wären – und Dortmund mit seiner unverschämten 0:12-Niederlage gegen Gladbach den schon sicher geglaubten Titel nicht doch zu einer Zitterpartie gemacht hätte. Und die Jahre danach, als wir tatsächlich wieder zu den Besten gehörten – ich kann mich an meine ersten Stadionbesuche erinnern, als zwölftausend, zehntausend, manchmal nur achttausend Zuschauer in der alten Betonschüssel von Müngersdorf verärgert abwinkten, wenn wir gegen Mannschaften wie Stuttgart oder Berlin lediglich 1:0 gewannen. Auch wenn wir das aus unserer Erinnerung getilgt haben, das war trotz guter Ergebnisse oft ziemlich trist.

So ist es zwar einerseits paradox, aber andererseits auch nicht widersprüchlicher als die menschlichen Gefühle selbst, daß der Publikumszuspruch und die Mitgliederzahl ausgerechnet in den Jahren rasant anwuchsen, nachdem mit dem ersten Abstieg das schlechthin Unvorstellbare geschehen war. Unabsteigbarkeit, genau wie Unverwundbarkeit bei einem Menschen, ist ja auch etwas sehr Langweiliges, und jetzt plötzlich merkten wir, merkte die ganze Stadt, daß der FC keine Selbstverständlichkeit ist und uns braucht. Die Feier, als wir uns endlich wieder für Europa qualifiziert hatten, diese unvergleichliche, spontane, nirgendwo anders in Deutschland vorstellbare, so fröhliche wie friedliche Massenhysterie – da haben wir auch unsere eigene Treue gefeiert, daß wir über alle Niederlagen hinweg jestonn han zo dir, FC Kölle.

Für wen macht man das, für wen erträgt man all die Klatschen, Schmähungen, so viel Tristesse – ansonsten doch nur für die ganz wenigen Menschen, die wir aus tiefster Seele lieben. Und wenn wir überlegen, was uns mit der eigenen Frau verbindet, dem eigenen Mann, vielleicht noch mit den Geschwistern oder einem besten Freund, dann sind es schließlich auch nicht nur oder weniger die Flitterwochen, das bestandene Examen, viel Geld auf dem Konto oder die runden Geburtstage, sondern daß wir einen Alltag zusammen bestritten haben, der oft genug fad war, daß wir Krisen hatten, aus denen wir herausgefunden haben, daß wir Ekstasen geteilt haben wie bei der Geburt des Kindes, aber auch in der Trauer uns gegenseitig stützten, wenn etwa nacheinander die Eltern starben, daß wir miteinander alt geworden sind und immer noch füreinander brennen wie am ersten Tag, daß wir stolz aufeinander waren, aber auch nicht weggerannt sind, als der andere verlacht wurde oder sich danebenbenahm. All das haben wir mit dir erlebt, unser erster und einziger Fußballclub auf der ganzen Welt, Tränen des Glücks und Tränen der Schmach, alle Gemeinheiten des Zufalls und alle Gnaden des Schicksals, Leidenschaft und Treue, Verrat und Tapferkeit, die ganz großen Dramen des Lebens und dabei doch immer nur ein Spiel. Wir danken dir, FC, für dies Jeföhl, dat verbingk.

Selim Özdoğan *Stock und Kopf*

Geh einen Stock suchen, hat er gesagt. Ich erinnere mich noch gut daran. Als würde er sagen: Bring doch den Müll runter. Oder: Komm nicht zu spät nach Hause. Er sagte nicht Bitte. Das sagte er nie. Das hat irgendwann viel später angefangen. Ich war schon ausgezogen, als ich das Wort aus seinem Mund gehört habe. Er sagte: Geh einen Stock suchen. Er sagte nicht, ich solle mich beeilen. Das wusste ich. Wenn es lange dauerte oder der Stock zu dünn oder zu dick war, war das nur zu meinem Nachteil. Manchmal trieb ich mich trotzdem mehr als eine Stunde draußen rum. Als würde das etwas ändern. Aber diese Stunde bedeutete Freiheit für mich. Die nahm ich mir einfach, und er konnte nichts dagegen tun. Nur dass Freiheit kostet. Das weiß er auch. Er kann ein Lied davon singen. Er kann ein Lied davon singen, wie es ist, in einem Land auf den Straßen Lieder zu singen, die man nicht singen darf, und dann in ein Land zu fliehen, in dem man sie singen darf, aber dessen Sprache man nicht kann. Mein Vater weiß, was Freiheit kostet.

Wir sitzen zusammen auf dem Balkon der neuen Wohnung in Ossendorf. Seitdem er keinen Alkohol mehr trinkt, ist er Kaffeeexperte geworden. Glaubt er. Nicht so ein Barista-Siebträger-Espresso-Connaisseur, sondern mehr so ein Vollautomaten-Industriekaffeeexperte. Er redet irgendetwas von Crema und Geschmack, aber er kippt sich einfach zehn Tassen am Tag rein und raucht zu jeder Tasse zwei Zigaretten.

Die Knie sind kaputt. Sie sind schon lange kaputt, darauf ist er stolz. Nicht so zu sein wie diese deutschen Akademiker, von denen keiner Fliesen legen kann. Er hat Chemie studiert, aber dann in Köln erst mal Fliesen gelegt. Ist darauf hängengeblieben. Ein Fliesenleger mit einer umfangreichen Büchersammlung. Er war stolz. Schon immer. So erinnert er sich an sich selbst: ein stolzer Mann, der sich nicht hat kleinkriegen lassen. Anderes hat er vergessen, sagt er. Und ich glaube ihm. Er hat es vergessen. Weil man sich manchmal umdreht und einfach nicht den Menschen sehen kann, der man mal gewesen ist. Vielleicht können wir das alle nicht.

Wir sitzen auf dem Balkon und trinken Kaffee, er raucht, und draußen im Hof spielen Kinder. Ich weiß nicht, was sie da spielen. Sie laufen hin und her, und da ist ein Ball, der geworfen und dann wieder geschossen wird, aber ich kann keine Mannschaften erkennen. Da sind neun, zehn, elf Kinder, Jungs und Mädchen, zwischen acht und dreizehn Jahren ungefähr. Sie sind laut. Sehr laut. Lauter als deutsche Kinder es wären. Sie sehen fröhlich aus, aber ihre Stimmen klingen aggressiv. Wenn ich sie nur hören würde, würde ich glauben, sie streiten. Ich kann die Worte nicht verstehen. Ich könnte nicht mal die Sprache erkennen, doch ich weiß, es sind Roma. Fünf Familien wohnen gegenüber, vielleicht sind es auch mehr. Oder weniger. Auf jeden Fall verteilen sie sich auf fünf Wohnungen. Mein Vater legt die Zigarette im Aschenbecher ab und steht auf.

– Ruhe, brüllt er vom Balkon. Ganz kurz ist es ruhiger, aber kaum hat er sich gesetzt und einen Zug genommen, wird es wieder lauter. Das ist die beste Wohnung, in der ich je gewohnt habe, sagt er. In so nem Neubau geht nicht dauernd was kaputt, das haben die fein gemacht, aber diese ganzen Kinder.

– Kinder sind nun mal laut, das gehört dazu, sage ich. Wir waren wahrscheinlich auch nicht leiser.

– Doch, sagt er. Ich glaube, ihr wart nicht ganz so außer Rand und Band. Titi versteht einfach nichts von Kindererziehung. Seine sind die Schlimmsten. Alle fünf. Siehst du den da? Den mit den rasierten Seiten und Locken. Hans. Warum immer sie ihn Hans genannt haben. Dreizehn. Hat letzte Woche einen Roller geklaut, Lenkradschloss geknackt, kurzgeschlossen, Helm unterm Sitz rausgeholt und ins Gebüsch geworfen. Haben sie später gefunden. Er hätte den Helm einfach drinlassen können. Oder ihn aufsetzen, wenn er ihn schon hat. Wäre er mit Helm gefahren, wäre er vielleicht gar nicht aufgefallen. Ist ja schon groß, hätten die mit dem Helm nicht gemerkt, dass da ein Kind fährt. Der hat sich ein Rennen mit der Polizei geliefert und ist dann mit Vollgas vom Weg ab und ist mit dem Roller in den See gestürzt. Dreizehn. Dumm wie Brot. Und was macht Titi? Schlägt den Jungen. Der sah aus wie ein Boxer nach nem Kampf. Und bei der nächsten Gelegenheit wird er wieder so eine Scheiße bauen. Man kann ja nicht Verstand in sein Kind reinprügeln. An mir liegt es nicht, sagt Titi, die anderen sind ja auch nicht so. Aber wenn der Sohn missraten ist, dann liegt es am Vater, das ist die Wahrheit. Und es bringt nichts, diese ganzen Schläge bringen einfach nichts.

Ich sitze da und spüre diesen Knoten, tief unten im Becken, der ist rot und heiß und will raus. Mein Herz pumpt zu stark, mein Atem geht schneller, so eine Mischung aus Aufregung und Angst. Ein wenig so wie früher kurz vor ner Prügelei. Wenn du weißt, jetzt gibt es kein Zurück mehr, du wirst schlagen, und du wirst geschlagen werden.

Ich zwinge mich, langsamer zu atmen. Man kann sich umdrehen und gehen. Ich muss mich locker machen. Aber ich kann nicht den Mund halten. Ich muss versuchen, mich locker zu machen, aber ich kann nicht einfach den Mund halten. Es ist mein Vater. Wo, wenn nicht hier. Ich muss reden.

– Du hast uns doch früher auch geschlagen, sage ich.

– Vielleicht mal ein kleiner Klaps auf den Kopf, aber doch nicht mit voller Kraft ins Gesicht.

– Nein?

– Nein. Mein Vater hat mich noch richtig geschlagen. Ich habe nicht die Hand gegen meine Kinder erhoben.

Ich weiß nicht, ob das jetzt Tränen sind, ob das Wut ist, Stress, Trauer. Ich weine nicht. Ich habe nicht mehr vor meinem Vater geweint, seit ich neun bin.

Ich erinnere mich. Wie die Telefonrechnung kam. Ich war älter als Hans jetzt, zwei Jahre älter. Ich hatte meine erste Freundin, sie hieß Sonja. Unser Telefon hatte ein Kabel, das gerade so nicht in mein Zimmer reichte, das Telefon stand dann vor der Tür und ich zog das Spiralkabel mit dem Hörer unter dem Spalt durch, um in Ruhe telefonieren zu können. Wir telefonierten jeden Tag. Meistens eher kurz. Aber manchmal auch lange. Sie durfte keinen Freund haben, doch sie durfte telefonieren.

Ein Telefon ist nicht zum Schwätzen, sondern um sich wichtige Sachen mitzuteilen, hat mein Vater gesagt. Nicht einmal, nicht zweimal, nicht dreimal, sondern so ziemlich jeden Tag. Du redest zu lange, hat er gesagt. Aber ich hatte nicht das Gefühl, dass er sich dafür interessierte, was und mit wem ich redete.

Sonja war wie ich, sie belog ihre Eltern, sie klaute ihnen Kleingeld aus den Taschen, sie sagte, sie brauche Schulsachen und kaufte sich dann einen Rock, den sie bei ihrer Freundin versteckte. Aber sie hatte nicht nur ein Leben mit mir und einen kurzen Rock. Sie hatte ihre Zeichenblöcke und ihre Stifte, und sie zeichnete. Fantasiewelten. Sie las keine Fantasyromane und sah nicht solche Filme. Sie hatte es auch nicht mit Feen, Druiden, Magiern und Hexen, bei ihr gab es Natur, aber solche Felsen, Seen und Flüsse hatte ich noch nie gesehen. Sie hatte eine Welt, in die sie hineinkonnte. Alle hatten immer eine Welt, in die sie hineinkonnten. Weil sie aus einer anderen rauswollten. So war mein Vater nach Deutschland gekommen. Wahrscheinlich ist Hans deswegen auf den Roller gestiegen: Er wollte raus aus seiner Welt, und sei es nur für die drei Kilometer, die der Fahrtwind sein Gesicht und seine Haare streichelte. Mag sein, dass es dumm gewesen ist. Und den Preis am Ende nicht wert. Doch ich bin mir sicher, er wollte nur raus. Die Menschen sagen Rebellion, aber eigentlich ist ihnen einfach zu eng, dort, wo sie sind. Sie wollen eine Freiheit.

Mein Vater ist mit uns diesem Krieg entkommen. Und dann war er hier, und es hat wehgetan, Fliesen zu legen. Er war stolz, aber es hat auch wehgetan. Und dann gab es noch Alkohol, dort kann man auch hin, wenn einem alles zu eng ist. Und vielleicht sitzt man nach vier Bier da und spielt Karten. Vielleicht fängt man an, um Geld zu spielen, vielleicht verliert man. Vielleicht hat man ohnehin nur gespielt, um zu verlieren. Damit man kein Geld mehr hat, damit man endlich nach Hause gehen kann, weil man morgen wieder aufstehen und Fliesen legen muss. Weil es schon spät ist. Weil es schon wieder neun Bier geworden sind. Weil es nie ums Gewinnen ging, sondern nur darum, dieser Enge zu entkommen. Es wird eng in der Brust, wenn das Leben wehtut. Dann blaffst du am nächsten Morgen deine Frau an, deine Kinder, dann schläfst du auf der Couch und nicht im Schlafzimmer. Du ignorierst alle, und wenn nicht, dann schreist du, und wenn das nicht reicht, schlägst du. Und dann sucht deine Frau sich eine Welt, und deine Kinder suchen sich vielleicht auch eine Welt, nur ich hatte noch keine gefunden damals.

Ich weiß nicht, ob mein Vater jemals in den Spiegel gesehen und sich gesagt hat: Scheiße, ich bin für die anderen die Enge, aus der ich mit ihnen fliehen wollte. Oder: Der Preis für diese Freiheit hier, den zahlen wir alle, und er ist verdammt hoch.

Er hat uns geliebt. Daran habe ich damals gezweifelt, aber heute bin ich mir sicher. Er hat uns viel umarmt, uns alle, er hat seinen Arm um meine Schulter gelegt, mir beteuert, wie sehr er mich liebt. Einfach so, nebenbei, ohne betrunken zu sein. Stand auf, während er auf dem Sofa Dostojewski las, und erzählte mir, was für ein toller Sohn ich bin. Er hatte Tränen in den Augen, wenn wir ein Turnier gewannen, wenn ich wieder mehr als vierzig Punkte pro Spiel machte, aber auch schon, wenn ich nach einem gelungenen Move zum Spielfeldrand schaute, weil er so jubelte.

Ich weiß noch, wie der Direktor angerufen und gefragt hat, ob ich zu Hause bin. In der Schule hatte ich gesagt, ich hätte Bauchschmerzen, und war gegangen. Vater war an dem Tag zu Hause, ich weiß nicht mehr, warum. Vielleicht war er krank. Vielleicht hatte er sich auch nur krankgemeldet. Er ging auf jeden Fall dran, und der Direktor sagte, ich hätte gesagt, ich würde nach Hause gehen, und er wollte überprüfen, ob ich gelogen hatte. Ja klar ist er zu Hause, antwortete mein Vater, schämen Sie sich gar nicht für so einen Anruf? So hat er es mir dann am Abend erzählt. Und ich habe dagestanden und gedacht, er sagt jetzt: Geh einen Stock suchen. Weil ich ja nicht zu Hause gewesen war, sondern in der Stadt. Bei Kaufhof. Zocken am Atari. Aber mein Vater wollte nicht wissen, wo ich gewesen war, er hat mich nicht einen Stock holen geschickt, sondern sich darüber aufgeregt, was für ein Arschloch dieser Direktor sei und was dem einfalle. Was er denn glaube, was er für ein Vater sei. Dass er sich immer vor mich stellen würde. Das tat er. Auf die eine oder andere Art und Weise. Dieses Mal hatte er meine Welt ein wenig weiter gemacht statt enger.

Ein paar Tage später rief er mich abends in die Küche, wo er mit einem Brief und einem Bier am Tisch saß.

– Komm mal her, sagte er. Und er sagte es ganz ruhig. Schau mal, was ich hier habe. Ich sah auf den Brief, die Telefonrechnung. Sechsundneunzig Mark und dreiundsechzig Pfennig, ich weiß es noch genau.

– Ich habe dir gesagt, das Telefon ist nicht zum Plaudern. Wie mache ich das, wenn ich meinen Vater anrufe? Vater, geht es dir gut? Mir auch. Danke, den Kindern und Ana geht es auch gut. Grüß Onkel Sascha von mir. Fertig, aus. Wenn man sich mehr zu sagen hat, schreibt man einen Brief. Und wenn man sich noch mehr zu sagen hat, trifft man sich. Sechsundneunzig Mark, weil mein Sohn eine Plaudertasche ist. Wie oft habe ich gesagt, das Telefon ist nicht zum Plaudern? Wie oft?

Ich stand da, den Kopf gesenkt, und sagte nichts. Ich wusste, dass ihn das noch wütender machte, aber ich wusste nicht, was ich hätte sagen sollen.

– Geh einen Stock suchen, sagte er.

Also zog ich mir die Schuhe an und ging in den Park. Vorbei an dem Freiplatz, an dem ich früher immer gespielt hatte. Ich suchte nicht. Ich setzte mich auf die Bank und sah den beiden zu, die im Dunkeln Jump Shots übten.

Vater hatte mir zum elften Geburtstag einen Ball geschenkt, einen Spalding. Was war ich stolz gewesen. Die erste Woche hatte ich gar nicht mit ihm gespielt, ich hatte ihn mit ins Bett genommen und ihn gestreichelt. Als ich ihn Wochen später auf dem Heimweg ein wenig dribbelte, keine Tricks oder so, einfach nur beim Gehen geprellt, kam plötzlich dieser Hund aus dem Hauseingang geschossen und sprang schwanzwedelnd gegen den Ball, sodass der auf die Straße rollte, unter ein fahrendes Auto.

Als ich nach Hause kam, sah mein Vater gleich, dass etwas nicht stimmte.

– Du machst ein Gesicht, als hättet ihr zu null verloren, sagte er. Und dann fragte er, wo denn der Ball sei. Ob ich den verwettet habe. Und ich erzählte, was passiert war, und er sagte: Geh einen Stock suchen.

Damals war ich schneller. Ich wollte es hinter mich bringen. Nicht zu dick, nicht zu dünn, nicht zu lang, nicht zu kurz, nicht trocken, damit er nicht brach, ich wusste, was er wollte, ich fand einen Stock und ging nach Hause. Doch irgendwann habe ich angefangen, länger zu suchen. Gar nicht zu suchen. Mich auf die Bank zu setzen. Manchmal habe ich sogar noch Basketball gespielt und bin danach erst nach Hause. Dann hat es eben länger gedauert, aber man lernt, das auszuhalten. Es ist wie ins kalte Wasser gehen, es ist nur am Anfang richtig schlimm, und wenn man sich beruhigt hat, hält man es ziemlich lange aus.

An diesem Wintertag, an dem die hohe Telefonrechnung gekommen war, setzte ich mich also auf die Bank. Ein paar von den Älteren hingen in der Nähe ab und kifften. Ich weiß nicht, warum, aber ich suchte keinen Stock. Irgendwann stand ich auf und ging zu den kiffenden Jungs. Kamber war dabei. Der dealte.

– Hi, sagte ich.

Ein paar nickten mir zu.

– Verschwinde, sagte Kamber. Du bist Sportler. Das ist nichts für dich.

– Kannst du mir Geld leihen? Ich zahle es dir zurück, versprochen.

– Was willst du mit dem Geld?

– Ich zahle es dir zurück.

– Bis wann?

Ich rechnete. Dann sagte ich: Sechs Wochen.

– Das ist lang.

– Ja, ich weiß. Aber ich brauch das Geld.

– Wofür?

– Will ich nicht erzählen.

Er nahm einen Zug von dem Joint und gab ihn dann weiter.

– Ich mag dich, Talib, sagte er, aber wenn du nicht zahlen kannst, mit Zinsen, haben wir ein Problem.

– Okay, sagte ich.

– Wie viel brauchst du?

– Hundert Mark.

– So viel?

– Ja.

Er griff in die Tasche und holte ein Bündel raus und gab mir zwei Fünfziger. Ich nahm das Geld und hielt es in der Hand. Jetzt, wo ich es hatte, erschien es mir keine gute Idee mehr. Er würde wissen wollen, woher das Geld kam.

– Danke, sagte ich. Sei mir nicht böse, Kamber, aber ich habe es mir anders überlegt. Ich finde eine andere Lösung, ich will es doch nicht.

– Willst du mich verarschen, oder was?

– Nein, entschuldige. Es war eine blöde Idee, ich will das Geld doch nicht.

– Wenn du so was nochmal machst, kriegst du Ärger, klar? Dieses Mal ist mein Kopf gut, und ich lasse dich. Aber ich warne dich.

Ich nickte. Dann ging ich, ging hinter den Korb, sprang hoch zu den Querstreben und machte Klimmzüge daran. Zwölf Stück. Dann runter und vierzig Liegestütze. Dann wieder hoch und Klimmzüge. Dann Liegestütze. Klimmzüge, Liegestütze. Machte ich beides schon seit ein paar Monaten. Wir hatten ein Türreck. Ich hatte drei Klimmzüge geschafft, als ich angefangen hatte, und zwölf Liegestütze. Ich war nicht alleine mit so was, wir waren in dem Alter, wir wollten mehr Muskeln und Kraft haben. Nicht um männlicher zu sein. Nicht um Mädchen zu beeindrucken. Nicht um andere einzuschüchtern. Nicht, um anzugeben. Wir hatten Angst. Wir wussten, dass wir verletzlich waren. Wir wollten einen Schutzschild.

– Wo ist der Stock?, fragte mein Vater, als ich nach Hause kam. Ich nahm die Schultern zurück und sah ihn an.

– Ich zahle das Geld, sagte ich. Ich arbeite und zahle das Geld zurück, aber ich habe keinen Stock. Ich will das nicht mehr.

Er sah mich an, prüfend, die Augenbrauen zusammengezogen. Ich wusste, ich würde mich nicht wehren, wenn er schlug, aber für einige Momente wussten wir wohl beide nicht, ob er schlagen würde. Und dann schlug er. Mit der flachen Hand, drei Mal. Handfläche, Handrücken, Handfläche. Er schlug, ich taumelte, er schlug, ich taumelte, er schlug, ich taumelte. Dann drehte er sich um und ging.

Die nächsten zwei Stunden konnte ich auf dem linken Ohr nichts mehr hören. Meine Wangen glühten.

Ein paar Tage später war ich im Flur, als er sich neben mich stellte, mir den Arm um die Schulter legte und mich an sich drückte. Dann grub er seine Finger fest in meinen Schultermuskel.

– Du wirst langsam ein Mann, sagte er. Ich freue mich.

Ich war fünfzehn damals, und ich hätte fast geheult. Was die Schläge schon lange nicht mehr schafften, hätten diese Worte fast geschafft. Ich hätte fast geheult. Vor Schmerz, vor Wut. Weil er so tat, als würde er mich sehen. Weil er so tat, als sei ich auf einmal gleichwertig. Weil es mir zeigte, dass er mich als Kind nicht akzeptiert hatte.

Ich habe das Telefongeld zurückgezahlt damals. Hätte ich einen Stock mitgebracht, hätte ich nicht zahlen müssen. Ich habe diese drei Schläge kassiert und habe trotzdem gezahlt. Damals habe ich mich selbst gesehen. Was auch sonst.

Heute verstehe ich, was für ein Weg das ist, den mein Vater da zurückgelegt hat. Sein Vater hat ihn viel mehr geschlagen. Und alle anderen auch. Und hat ihm nie den Arm um die Schulter gelegt. Hat ihm nie gesagt, wie sehr er ihn liebt. Mein Vater hat nicht sein ganzes Leid weitergetragen, sondern nur einen Teil davon. Ich habe vielleicht zwölf, fünfzehn Mal einen Stock gesucht. Jedes Mal ist ein Mal zu viel, kann man sagen, aber du bist nicht allein auf der Welt. Der Schmerz in den Familien hört nicht auf, er wird weitergetragen. Die Enge hört nicht auf, weil du einen Raum für dich findest. Dann wirst du einfach die Enge für die anderen. Du kannst einem Krieg entkommen. Aber nicht einer Vergangenheit, die in dir tobt.

– Doch, sage ich jetzt, während wir auf dem Balkon sitzen und eine weitere Tasse Kaffee trinken. Du hast uns auch geschlagen. So richtig. Du hast mich Stöcke holen geschickt. Nicht zu lang, nicht kurz, nicht zu dick, nicht zu dünn.

Er sieht mich an. Dieser Unglaube in seinem Gesicht ist nicht gespielt.

– Nein, sagt er. Ich habe dir vielleicht mal eine Schelle gegeben oder dir in den Nacken geklatscht, aber ich habe dich nie mit einem Stock geschlagen.

Er glaubt, was er da erzählt. Doch ich weiß, dass es nicht stimmt. Ich weiß es sicher. Aber ich bin jetzt über vierzig. Wenn ich mit Freunden von früher rede, fällt auf, dass jeder von uns Sachen vergessen hat. Man kann nicht wissen, was man alles vergessen hat. Und manches muss man vielleicht vergessen, weil sonst mit der Zeit die Last auf deinen Schultern schwerer wird, und du selbst wirst immer schwächer. Ich glaube ihm, dass er das vergessen hat. Er hat vergessen, wie er sein eigenes Kind mit einem Stock geschlagen hat, den es selbst suchen musste.

Ich könnte daraus schließen, dass ich nie wichtig für ihn war. Oder dass er sich selbst wichtig genug war, um es zu vergessen. Du brauchst Kraft für dieses Leben. Irgendwo brauchst du Kraft. In den Beinen, in den Schultern, im Kopf, in der Seele. Irgendwo musst du in dir einen Raum haben, in dem du stabil bist. Wenn du stabil bist, kann dir nicht so eng werden. Er hat es vergessen. Das ist sein Kopf. Der weiß nichts mehr von einem Stock. Und das Kind, das er geprügelt hat, fühlt sich nicht ernst genommen. Es ist schlimmer, als geprügelt werden. Der Schmerz geht viel tiefer. Die Ungerechtigkeit bleibt nicht mal bestehen, sondern wird einfach vergessen. Da ist dieses Kind, das aufstehen und gehen will. Den Tisch umschmeißen. Diesen Zweitausend-Euro-Vollautomaten von der Arbeitsplatte in der Küche fegen. Schreien, drohen, beweisen, belegen, Geschwister fragen, vielleicht auch schlagen. Da ist dieses Kind, aber ich bin über vierzig, und das Leben hat mich demütig werden lassen. Wir machen alle Fehler. Wir tragen den Schmerz weiter. Ich habe ihn nicht an meine Kinder weitergegeben. Ich habe sie geschützt, indem ich mich entschieden habe, keine zu wollen. Ich habe geschlagen. Als ich stark genug war, habe ich geschlagen. Zwei Nasenbeine, ein Jochbein, einige Zähne und wer weiß, was ich vielleicht schon vergessen habe. Es war schwer, die Gewalt hinter mir zu lassen. Und sie ist immer noch da, hinter mir, sie ist nicht verschwunden. Ich trinke keinen Alkohol, weil mich die Gewalt dann wieder einholt. Vielleicht nur, indem ich laut werde. Aber ich kann ziemlich laut werden. Meine Stimme trägt viel weiter als die meines Vaters, und den konnte man damals im ganzen Block hören.

Und auch er war mal ein Kind, all diese Menschen, die du siehst, waren mal Kinder, hilflos Erwachsenen ausgeliefert, die es nicht geschafft haben, allem mit Liebe zu begegnen. Nicht, weil sie nicht genug Liebe in sich hatten, sondern weil sie keine Strategien hatten, mit ihren anderen Gefühlen umzugehen. Ich spüre die Wut, die Hilflosigkeit, aber beides wird nicht weggehen, wenn ich ihn anschreie. Ich bin nicht rational, ich habe nur keine Lust, diesen Emotionen ausgeliefert zu sein. Ich will mein Leben in die Hand nehmen. Deswegen habe ich damals keinen Stock mehr nach Hause gebracht.

– Glaubst du, dein Vater könnte später vergessen haben, wie er euch damals geschlagen hat?, frage ich.

Er sieht mich an. Und ich sehe, wie etwas kaputt geht. Vielleicht nur eine Mauer, die bröckelt. Vielleicht nur ein Schmerz, der hervorschaut.

– Nein, sagt er. Nein, ich glaube nicht, dass man so etwas vergessen kann.

Wir wissen beide, dass er lügt. Und ich werde nie vergessen, wie seine Augen in diesem Moment ausgesehen haben.

LANS DER RHING

Husch Josten
Anekdote zur Arbeitsmoral

Irgendwo muss es sein. Im Schlick. In dieser lauwarmen Schwärze. Zwischen den Ankerketten. Weiter weg, er hört den Motor dumpf in der Tiefe, fährt ein Frachter flussaufwärts. Ruhig bewegt Karl-Heinz die Hand durchs Wasser, ertastet das Mobiltelefon auf dem Grund. Ausgezeichnet. Wieder einen Kölner glücklich gemacht. Die flattrigen Hände der Hafenbesucher wollen ihm seit Jahren nicht in den Kopf. Manchmal stellt er sie sich als Kinder vor; Kinder, die forschend beobachten, was der Fluss außer Schiffen trägt und was er vor allem nicht trägt: Steine, Schmuck, Fahrräder, Schlüssel und, besonders gern, Mobiltelefone. Vielleicht werfen die Erwachsenen ihre Telefone ins Hafenbecken, um zu beobachten, wie das dunkle Wasser des Rheins sie verschwinden lässt. Vielleicht geht es um Unerreichbarkeit, das könnte sein, so sehr sie der Verlust der Erreichbarkeit sogleich in Verzweiflung stürzt. Aber er, Karl-Heinz, erreicht die Telefone immer. Er findet sie bei jeder Wetterlage, obwohl man im Hafenbecken als Taucher die Hand nicht vor den Augen sieht; der Fluss macht blind. Doch dieses Becken kennt er seit vierzig Jahren. Es ist seins, seit er nach Jahren auf hoher See (von Hamburg nach Nordafrika, Südamerika, in die Staaten) und nach anderthalb Jahren auf einem Feuerlöschboot in Dormagen (eine Wasserleiche, ein Brand, sonst nichts, lähmendes Nichts)

1981 als Hafenmeister in Köln strandete. Er kannte diesen Hafen schon, als nicht mal zwanzig Boote darin vertäut lagen. Als man darüber nachdachte, das Becken zuzuschütten. Als keine Wohn- und Bürohäuser drum herum standen, sondern Bäume. Als er auf den Schrottpontons aus dem Krieg den Steg entlanggehen und ins Wasser schiffen konnte, ohne dass ihn jemand dabei beobachtet hätte. Jetzt kann er keinen Schritt auf dem 300 Meter langen Steg tun, ohne gesehen zu werden. Er schifft seit langem nur noch auf der Toilette in den renovierten Sanitärräumen, wo es auch Duschen und Waschmaschinen für die Eigner der jetzt 150 Boote gibt. Das von Schäfers Nas, dem alten Zuhälter, ist nicht mehr dabei, und Karl-Heinz eigentlich schon in Rente. Die puffige Colorado ist weg. Dabei hat Karl-Heinz sie mal gerettet, an Weiberfastnacht, er feierte in einer Kneipe, da kam der Notruf. Die Colorado, ausgerechnet, schon halb unter Wasser. Seine Frau, die mal Stewardess auf einem Flusskreuzfahrtschiff war, ist einverstanden, dass Karl-Heinz immer noch arbeitet. In der Marina muss man zur Stadt aufschauen, irgendwo hinter der Drehbrücke die Domspitzen. In Köln und doch nicht. Auf dem Wasser und doch mit beiden Beinen mitten in der Stadt, in einem graublauen Zwischenreich, in das allerhand fällt, aber dank Karl-Heinz nicht verloren geht, in dem allerhand passiert, aber dank Karl-Heinz nichts allzu Dramatisches. Der Rhein ist gefräßig. Schnell. Eine vielbefahrene Wasserstraße. Keine Ruhe. Von Köln nach Mainz? Aus der Zeit gefallene Romantik. Spätestens ab Budenheim ist's aus mit der Boppard-Idylle. Karl-Heinz sitzt im Hafen. Die Sonne scheint. Enten quaken vorbei. An der Rheinuferstraße stehen die Ampeln auf Grün. Irgendwo klingelt ein Mobiltelefon.

Gunter Geltinger *Brücke für R.*

Das Hochwasser hat deinen Namen weggewaschen, den ich mit einem Sandstein auf den Brückenpfeiler schrieb. Auch die Stelle darunter sieht jetzt anders aus. Treibholz liegt herum, in den Ästen hängen Plastiktüten, ein leerer Kanister an der Wasserkante, daneben etwas Schwammiges, Undefinierbares, das ich nicht genauer anschauen möchte. Der Fluss nimmt den Müll mit und bringt neuen. Was die Stadt nicht schafft, erledigt der Rhein. Dein Leben zum Beispiel. Weggespült jedes Gefühl, tiefe Verzweiflung, vage Hoffnung, auch die Kronkorken der Grillgelage, die zu dieser Jahreszeit an den Sommer erinnern, der längst vergangen ist, und einen Sommer ersehnen lassen, der für dich nicht mehr kommt. Weg auch die paar schöneren, vom Wasser benetzten Steine, die du manchmal aufgesammelt und zu Hause dann doch fortgeworfen hast, weil sie, einmal getrocknet, nichtssagend sind wie alle anderen. Weg der Topf mit den Tulpenzwiebeln, mein Frühlings-, ein Ostergruß, weg das Warten auf irgendeine Art von Auferstehung, auf die unwahrscheinliche Nachricht, der, den sie fanden, war doch jemand anderes. Weg auch das Blut auf den Kieseln, wenn da überhaupt welches war, wo dein Kopf aufschlug. Die Stelle jetzt gefährlich unspektakulär, wie alles in deinem Leben, so wenig Anhaltspunkte, wo das Verstehen ansetzen könnte, zumindest noch in Gedanken aufhalten, was längst nicht mehr abzuwenden war.

Der Fluss hat die winterbraunen Wiesen gewässert, wo jetzt Krokusse sprießen, und meine Augen endgültig trockengelegt. Wäre das Hochwasser zwei Tage früher gekommen, der Schnee im Süden schneller geschmolzen, du hättest dort, wo ich jetzt ohne eine Spur von dir stehe, von oben nur das hastig dahineilende und doch irgendwie lauernde Wasser gesehen, rastlos und träge zugleich, wenn der Rhein angeschwollen zwischen den Ufern liegt, mit den Strudeltrichtern, die auf die fleckartigen, wie blinde Augen dahintreibenden Blasen folgen, Wassergebilde, die einander abwechseln, sich ineinander verwandeln, ein glucksendes Auf und Ab von Wellentälern und Strömungsspitzen, Hautkrater und Hautwülste des Flussungetüms wie von einem schlammigen, sich schmatzend dahinschleppenden Tier, wer will da hineinspringen.

Wenn der Rhein über die Ufer tritt, erwacht der ruhiggestellte Fluss wieder zum Leben zwischen dem hochgemauerten Mülheimer Kai, wo das Wasser in unregelmäßigen Schüben auf die mit Absperrschranken gesicherte Promenade schwappt, und dem weniger wehrhaften Westufer, das sich erst mit dem zurückgesetzten, von Joggern, Spaziergängern und Fahrradausflüglern festgetrampelten Deich dem Angriff der Flut widersetzt, wälzt sich ein Strom, den man, doppelt so breit und drei Meter höher als sonst, aus gutem Grund fürchtet. Entlang des Niehler Hafens verwandeln sich die weitläufigen Auen, die bei schönem Wetter im Grilldunst ersticken, in einen uferlosen See, aus dem die Pappeln ragen wie die hochgerissenen Arme Ertrinkender. Immer ist irgendein Baum umgestürzt, wenn das Wasser zurückgeht, und die Gebüsche tragen auf Augenhöhe Bärte aus Tang, Treibholz und Müll. Die rechts- und linksrheinische Stadt rückt bei einem Wasserstand ab sechs Metern weit auseinander und stellt ihre ohnehin schon zum Klischee gewordene Unverträglichkeit aus, im Norden, wo die Kluft nicht nur durch die Breite des Flusses am größten ist, noch notdürftig zusammengehalten von der Mülheimer Brücke, die mit ihren zwei kurzen Stahlbeinen auf den knöchelartigen Steinsockeln aussieht, als trüge sie Hochwasserhosen.

Blickt man dann vom Geländer am Pylon, der bei normalem Wasserstand direkt am Ufer steht, in die Tiefe, ist der Fluss ganz nah. In einer ruhigen Sekunde, wenn auf der Brücke das Verkehrsdröhnen abreißt, kann man ihn sogar hören. Ich bin mir sicher, er hätte dir zugeflüstert, dass der Sprung sich nicht lohnt. Nirgends ein Kiesstrand, der deinen Körper zerschmettert, kein Stein, der dir mit einem feigen Knacken das Genick bricht, gar kein Geräusch, nicht dieser unbeschreibbare Laut, irgendetwas zwischen Plumpsen und Platzen, wenn ein Schweres auf ein noch Schwereres, ein Unnachgiebiges auf ein Endgültiges knallt. Da wäre nur der Fluss gewesen, der dich aufgefangen, in sich eingeschlossen und dir das Gewicht genommen hätte, die tödliche Wucht des Falls verwandelt in ein hoffnungsvolles Schweben, dem du eine Richtung hättest geben können, hin zum Ufer, mit der Urkunde, die man dir im Rettungsschwimmen verliehen hat, das kalte Wasser hätte dich schon das Leben gelehrt. Doch als du am Pylon standst, zwei Tage vor dem Hochwasser, war da unten nur der nackte Stein.

Brücken verbinden, sagt man, und: Bauen wir eine Brücke, wenn zwei Menschen mit unvereinbaren Positionen miteinander ins Gespräch kommen sollen. Balkenbrücken, Plattenbrücken, Plattenbalken- und Hohlkastenbrücken, Rahmen-, Fachwerk- und Gitter-, Stahlbeton-, Spannbeton- und Bogenbrücken, auch Viadukte genannt, überspannen Täler, Flüsse, Meeresarme und ganze Meere, verbinden Städte, Länder,

Kontinente sogar, schaffen Begegnungen, Austausch, Verkehr, heben Grenzen auf, bereichern das Leben. Brückenbauer sind Pioniere mit ehrenwerten Idealen, niemand zweifelt sie an. Doch dann ist da, mitten auf der Brücke, plötzlich eine Tiefe, die es vorher nicht gab, über die Brüstung hinweg beugt man sich in einen Abgrund, der zuvor, ohne Brücke, im Unvereinbaren, unerreichbar war.

Also weg mit dem Ding, sprengen das Ganze, in Schutt und Asche das Monster aus Stahl und Beton, warum sollte die Brücke, die du nicht mehr queren kannst, andere tagtäglich zur Arbeit bringen, zum Einkauf in die Stadt, hin und her über den Fluss. Sie ist eine Hängebrücke zwischen den Kölner Stadtteilen Riehl und Mülheim. Parallel zur Einflugschneise des Flughafens, im Viertelstundentakt überdröhnt von den Passagier- und Frachtflugzeugen und unterkreuzt von 200 Motorschiffen am Tag, führt sie an einem Knotenpunkt des Kölner Verkehrs die Bundesstraße 51 und die Straßenbahnlinien 18 und 13 über eine der wichtigsten Wasserstraßen Europas. Sie ist 682 Meter lang und wiegt 14 800 Tonnen. Ähnlich schwer muss sich dein Leben angefühlt haben, als du es von der Uferpromenade die Treppe hochschlepptest, die zum Rad- und Fußweg führt. Oder bist du sie vielmehr hochgeschwebt, endlich befreit von allen Lasten? Seitdem zähle ich, wenn ich auf meinen täglichen Wegen das Fahrrad die Treppe hinauf- oder hinuntertrage, zwanghaft die Stufen. Es sind 42. 42-mal hättest du umkehren können. 42 Stufen sind nicht viel, weder als Gipfel eines Lebens noch als sein Tiefpunkt.

In einem Mülheimer Café hängt ein großformatiges Gruppenfoto der Kölner Berufsfeuerwehr, die sich auf der Spitze des Pylons zusammendrängt, in schwindelnder Höhe und mit atemberaubender Aussicht. Die behelmten Gesichter lachen fröhlich und angstfrei in die Kamera. Das Bild wurde während eines Einsatzes oder um seiner selbst willen aufgenommen, es ist in Köln bekannt und beliebt. Auch du hast es gesehen, wir haben in dem Café zusammengesessen, über uns die mutigen Feuerwehrmänner vor einem blauen Postkartenpanorama, 50 Meter freier Fall, garantiert tödlich, woran keiner der strahlenden Helden in diesem Zenit seines Feuerwehrmannlebens einen Gedanken verschwendet hat. Denn die tatsächliche Höhe der Brücke variiert. Sie ist immer so hoch, wie der Abgrund in einem selbst tief ist.

Ich habe sie ausgemessen, mit einer Schnur, die ich von der Brüstung herunterließ, ein Stein an ihrem Ende, der nach 16,5 Metern auf den Boden aufschlug. 16,5 Meter Verzweiflung waren in deinen ärztlichen Gutachten, in all den Krankenakten und Therapieplänen, kein Maß. Die Daten der Brücke sind in Kölns Stadtführern und bei Wikipedia für alle einsehbar, doch nirgends steht die seelische Fallhöhe verzeichnet, mit der du dein Leben geführt hast. Niemand hat dir je eine Schnur bis auf den Grund deiner selbst heruntergelassen, mit einem festgeknoteten Stein, an dem du dich hättest hochziehen können.

Wenn ich dort, wo der Gehweg um den Pylon herum führt, mit dem Fahrrad anhalte, seitdem immer anhalten muss auf meinen täglichen Fahrten, und mich über das Geländer beuge, scheinen die Meter überwindbar. Unten nimmt das Leben seinen Lauf. Fast glaube ich, ihm schon wieder die Hand reichen zu können, wie einem alten Freund, von dem man sich wegen einer Meinungsverschiedenheit eine Zeitlang gekränkt abgewendet hat. Das Hochwasser kommt und geht, mal liegt eine Plastikplane an der Stelle, mal ein totes Holz. Spaziergänger lassen Steine springen, Jugendliche spielen Volleyball ohne Netz, in der ersten Frühlingssonne grillt eine Großfamilie. In einer milden Nacht, als ich spät aus der Stadt zurückkam, sah ich ein junges Paar, das im Schutz des Pfeilers miteinander schlief. Ich stand, bis sie fertig waren. Aus deinen 16,5 Metern Höhe muss die Liebe ein heilloses Chaos gewesen sein, ein wirres Geknotete aus Leibern, Hosenbeinen und einem Gefühl, das immer nur die anderen empfinden, undurchschaubar, unerträglich, man muss sich daran wundstarren – oder drauf spucken. Tatsächlich blickte die junge Frau nach oben, doch sie konnte mich nicht sehen, der Winkel war zu steil. Ich glaubte sogar zu erkennen, wie sie sich mit der Hand über die Wange wischte. Er zog sich die Hose hoch, sie sich die Kapuze ihres Pullovers über den Kopf, im Glauben, es begänne zu regnen. Ich bin mir sicher, du hättest gelacht.

Das Licht ist nicht angekommen. Ich habe es dir hinterhergeschickt, an dem Abend, als ich in der Aufregung die Nachricht am Telefon falsch verstand und noch glaubte, der Fluss hätte dich geholt, mit seiner sanften und lautlosen, dem Wasser eigenen Grausamkeit. Aus einer Tupperdose, Butterbrotpapier und einer Kerze baute ich das Licht und setzte es am Mülheimer Ufer in den Rhein. Es schrappte an den Befestigungssteinen entlang und blieb nach einigen Metern an einer Buhne hängen. Ich holte es aus dem Wasser, kletterte bis ans Ende des Wehrs, zog einen Ast hervor und stieß damit dein Licht hinaus auf den Fluss. Die Strömung erfasste es und schickte es wieder Richtung Ufer. Ich lief auf dem Fahrradweg ein Stück mit, bald war ich schneller als das Licht, schneller als der Fluss selbst, ich wollte dich einholen.

In Höhe der Schlackenbergwerft wurdest du langsamer, drehtest dich im Kreis, triebst schließlich sogar in die entgegengesetzte Richtung, stromaufwärts, zurück ins Leben. Mit dem Ast in meiner Hand kletterte ich die Böschung hinauf und fischte das Licht aus den Rücklaufwirbeln, die sich am Pfeiler des ehemaligen Ladeplatzes bildeten und jedes Weiterkommen verhinderten. Erst als ich den Anleger erklomm, sah ich, dass in der weit geschwungenen Linkskurve, die der Rhein bei Mülheim beschreibt, das Wasser ans Ostufer drückt. Ich löschte die Kerze, befestigte die Dose auf dem Gepäckträger meines Fahrrads und fuhr über die Brücke auf die andere Seite. Dort, so hoffte ich, in der Beuge des Rheinknies, wo sich die beliebten Sandstrände befinden, würde der Sog der Fahrrinne das Licht auf den offenen Fluss hinausziehen. Tatsächlich war die Strömung hier stärker. Es tänzelte auf den Wellen, trieb rasch vom Ufer weg, geriet in die Bugwelle eines vorüberziehenden Frachters und ging unter. Erst jetzt konnte ich weinen, vor Erschöpfung, vor Wut. Drüben verschwamm der angestrahlte Pylon der Mülheimer Brücke zu einer gleißenden Säule aus Licht.

Sie ist die letzte der sechs Kölner Brücken im Norden, mit ihrer leicht gewölbten Fahrbahn, den weit geschwungenen Stahlseilen und den zwei schlanken Trägern liegt sie nachts am Ende der Stadt wie ein glühender Metallriegel vor der Leere. Dahinter verlöschen die Lichter, ihr Glitzern auf dem Wasser, die Welt wird schwarz, der Fluss noch breiter. Hinter der Mülheimer Brücke beginnt der Niederrhein. Vom Geländer aus gesehen, wo du gestanden hast und – wie lange nur? – gen Norden geblickt hast, verflacht das Land, der Horizont scheint sich abzusenken, an einem Punkt, wenn du nur lange genug geschaut hast, weit in der Ferne, berührt der Himmel den Fluss, oder der Fluss den Himmel, eine Ahnung vom Meer. Von der Brücke bis zur Mündung sind es noch 547 Stromkilometer. Du hättest, Weg geteilt durch Fließgeschwindigkeit, 73 Stunden bis zum Meer gebraucht, drei Tage, vorausgesetzt, du wärst, wie die großen Containerschiffe, in der Mitte der Fahrrinne geschwommen und nirgends hängengeblieben, an keiner Buhne, keiner Brücke. Aber welchen Weg hättest du im Delta eingeschlagen? Entlang der Waal oder nach Norden durch die Ijssel? Dem Nederrijn folgend nach Amsterdam? Und dann das Chaos kurz vor der Mündung, die große Orientierungslosigkeit am Ende des Wegs: Hollands Diep und Harvingvliet, Noord, Neue Maas, Dordtsche Kil und das Labyrinth der Kanäle im Hafen von Rotterdam. Du bist immer sehr schnell gelaufen, selbst beim Spazierengehen im Stechschritt von deiner Wohnung im Kunibertsviertel deine Lieblingsstrecke am Rhein entlang, schneller, als man dir folgen konnte oder wollte, an deiner Seite war ich stets ein wenig verschwitzt. Die Nordsee ist kalt, dunkel, dreckig, ein Scheißmeer, wer will schon auf seiner letzten Reise dorthin. Du hast den kürzesten Weg gewählt, 16,5 Meter, der Formel entsprechend und mit der mittleren Fließgeschwindigkeit des Rheins als unerbittliche Konstante in 7,9 Sekunden, ein freier Fall in Zeitlupe, in der Geschwindigkeit jener Albträume, in denen man fällt und fällt und nie aufschlägt. Doch du hast den Fluss verfehlt, oder hat er dich verpasst in seinem geschäftigen Mäandern und Lavieren hin zum Meer?

Vielleicht hast du ja vom Balkon aus gar nicht die Nordsee gesehen, sondern den Atlantik, das Mittelmeer oder sogar den Pazifischen Ozean, wo du noch nie warst. Seitdem ich nicht mehr über die Mülheimer Brücke fahren kann, ohne an dich zu denken, verändern sich die Orte, die sie verbindet. Wenn ich die Betonwüste des Wiener Platzes hinter mir gelassen habe, den leichten Anstieg nehme und für einen Moment der Horizont meines Blicks nicht die gegenüberliegende Stadt ist, sondern der Scheitel der Fahrbahn mit dem mächtigen Pfeiler vor der Sonne, an der mit Stahlseilen die Welt aufgehängt scheint, fahre ich auf der Brücke des 25. April von Lissabon aus über den Tejo. Komme ich bei Sonnenuntergang auf der linksrheinischen Promenade zurück, steht dort, wo die Ufer zurückweichen und die Sicht auf die stille, von einem warmen, südlichen Licht übergossene Wasserfläche freigeben, schwarz vor dem entflammten Himmel die Silhouette der Bosporusbrücke, und kurz bevor die Sonne hinter dem Colonia-Hochhaus versinkt und der grünspanfarbene Brückenstahl sich erst silbergrau färbt, um im letzten Moment blutrot zu erstrahlen, steht über dem Rhein bei Mülheim mit dem Meer irgendwo dahinter für den Bruchteil einer Sekunde die Himmelspforte der Golden Gate.

Ich verlasse den Ort. Ich lasse nichts da. Egal, was es ist, der Fluss würde es irgendwann holen, es forttragen und vergessen. Ich steige die Treppe hoch, deine 42 Stufen zur Brücke. Auf der Mitte lege ich die Hand auf das Drahtseil, an dem alles hängt. Es ist dick und aus vielen Strängen gewunden, wie die Muskeln eines gut trainierten Arms. Es ist kalt und hart. Hinter mir quietscht eine Bahn, unten strömt der Fluss, tuckert ein Lastkahn. Ein Flugzeug donnert über mich hinweg. Da spüre ich es plötzlich: ein leichtes Vibrieren, wie von einem Nerv, der jede kleinste Bewegung aufnimmt und auf mich überträgt. Lange stehe ich so und fühle. Über die Mülheimer Brücke rollen die Autos, eilen die Fußgänger, bahnen sich die Fahrräder ihren Weg, von hüben nach drüben, von diesseits nach jenseits, durch meinen Körper hindurch zu dir.

Elke Heidenreich *Die Südbrücke*

Eine Stadt, die einen Fluß hat, hat immer auch Brücken. Der Fluß schneidet die Stadt durch, die Brücken stellen die Verbindung wieder her. Über Kölns Brücken donnern die Züge, die Autos, die Straßenbahnen, gehen die Fußgänger, rollen die Radler. Auf der einen Seite der Dom, der Bahnhof, die langsam alles überwuchernde Krake WDR, die Philharmonie, die schönen alten romanischen Kirchen, auf der anderen Seite die Kölnarena, die Messe, das herzzerreißende Tierheim in Dellbrück mit seinen vielen Schicksalen, die das gern behauptete goldene Herz der Kölner gründlich widerlegen, die Autobahn nach Frankfurt. Wohin aber führt eigentlich die Südbrücke? Die Südbrücke, schönste von allen, führt ins Nichts. Sie endet in den Poller Wiesen, wo die Schafe grasen, und ihre Bestimmung ist es nur, die Güterzüge auf die andere Rheinseite zu leiten. Für Fußgänger und Radfahrer bleibt ein schmaler, ein wunderbar wilder Weg ins Niemandsland.

Die Südbrücke ist nie am selben Platz. Mal lehnt sie sich an den Dom, dann wieder überspannt sie, bei klarer Sicht, den Rhein fast unmittelbar vor dem Siebengebirge, und man kann die Hand ausstrecken und die Drachenfelsbahn anhalten. Manchmal liegt sie im dichten Nebel weit weg von der Stadt am Meer, und einmal, ich schwöre es, bin ich schon mit der Südbrücke durch die Luft geflogen, einfach so. Nach vierzehn Kölsch in der Südstadt geht das ohne jedes Problem, denn die Erdanziehungskraft funktioniert auf der Südbrücke nicht. Deshalb, munkelt man, üben da manchmal auch nachts die Astronauten das Schweben im All.

Die Südbrücke hat einen ausgeprägten Sinn für dramatische Inszenierungen. Sie tut solide, aber in Wahrheit kann sie nie stillstehen, Ruhe gibt es hier oben nicht. Sie vibriert und bebt und schwankt, sie läßt sich unten vom Fluß mitreißen und oben von den Wolken, sie stemmt sich quer gegen den Rhein und längs gegen das Ufer, sie bringt es fertig, von beiden Seiten Züge kommen zu lassen, während unten die Kohlenschlepper im rechten Winkel dazu fahren, die Wolken schräg nach Mülheim sausen und ich mit dem Rad von links nach rechts will. Nirgends in Köln ist soviel Bewegung wie auf der Südbrücke, das ist eine Brücke für Phantasten und Geschichtenerzähler, Wegflieger und Träumer. Hui, da saust der Hut auf den Kieskahn nach Emmerich, zielsicherer als die Spucke, mit der wir es immer wieder versuchen.

»Weh, weh, Windchen, hol Kürtchen sein Hütchen!« Sitzt da nicht die zur Gänsemagd verzauberte Königstochter in den Poller Wiesen und kämmt sich ihre goldenen Locken, während Kürtchens Hütchen davonweht?

Früher sind die Kinder bei der Südbrücke auf die Schleppkähne geklettert, haben sich bis Rodenkirchen mitnehmen und dann von der Strömung zurücktreiben lassen. Früher haben die Väter den hier langsam rollenden Kohlenzügen aufgelauert und die Briketts heruntergeschaufelt, damit es die Nachkriegskinder warm hatten – der Kardinal Frings persönlich hatte 1946 in einer Predigt befunden, das sei nicht direkt Diebstahl, sondern nötig. Gott will nicht, daß Kinder frieren. Also hieß es auch nicht klauen, sondern fringsen.

Früher wanderte Karlheinz mit roten Liebesohren aus der Südstadt nach Kalk zu Gabi, und als ihm eines Abends mit noch röteren Ohren ein Nebenbuhler entgegenkam, wußte er, auf Gabi ist kein Verlaß mehr.

Heimweh, Kindheit, Erinnerungen, Vertrautheit, Wehmut, Sehnsucht – an den harmonischen Eisenrundungen der Südbrücke läßt sich viel Gefühl festmachen. Aber der Südbrückenwind bläst wehmütige Gedanken auch rasch weg und läßt einen ein trotziges NUN ERST RECHT! denken. Das hier ist keine Selbstmörderbrücke. Sie ist viel zu gediegen und zu wenig schwindelerregend und herausfordernd. Sie hat rote Sandsteinaufgänge mit reichlich Graffiti (»Türken raus!« »Türken bleiben!« »Hartmann, ich liebe dich«), sie hat kleine halbrunde Balkone, die zu Ansprachen einladen, sie hat schön geschwungene Eisenbögen, über die Angie Hiesl im weißen Kleid mit Stoffgiraffe schon geschwebt ist, eine ihrer unvergeßlichen poetischen Performances, und sogar ein Brückenheiliger ist da, der mit Locken und weggefressener Nase auf die Hektik der Rheinuferstraße blickt.

1906 wurde die Brücke gebaut, der Bau überschattet von einem schweren Unglück 1908, als ein Montagegerüst fünfzig Arbeiter in die Tiefe riß. Deshalb wurde sie sang- und klanglos 1910 dem Verkehr übergeben, ohne Trara und bunte Bänder, und 1945 lagen ihre 5.000 Tonnen Stahl im Rhein, nach den Bomben der Engländer, und die Amerikaner bauten nach dem Krieg auf den Resten eine Pontonbrücke – wer rüber wollte, wurde mit DDT-Pulver entlaust. Seit Oktober 1950 steht die Südbrücke wieder so da wie eh und je: drei gewaltige Bögen, 165 Meter der in der Mitte, 101,5 Meter die beiden äußeren und noch drei kleine Bögen von je 56 Metern über Land. Und wie eh und je schwebt sie immer ein bißchen in den Wolken, zeigt uns mal neun, mal zehn Kirchen von Köln und trotzt der Schwerkraft.

Nachts fahren die Eisenräder der Güterzüge direkt durch mein Zimmer. Ich liege wach und arbeite an der Ansprache, die ich eines Tages von einem der kleinen halbrunden Sandsteinbalkone den Schafen, den Möwen und den Bordhunden auf den Kieskähnen halten werde.

Autorinnen- und Autorenverzeichnis, Quellennachweis

Jabbar Abdullah, geboren 1989 in Raqqa (Syrien), musste 2012 aufgrund des Krieges aus seiner Heimat fliehen und fand Zuflucht in Alexandria (Ägypten). Dort setzte er sein Masterstudium der Archäologie fort. 2014 zog er nach Köln. Er arbeitete bis 2020 im Römisch-Germanischen Museum. Er ist als Autor und Kunstvermittler tätig und engagiert sich in der syrisch-deutschen Kulturszene. 2022 kuratierte er die Ausstellung »Syrien gegen das Vergessen« im Rautenstrauch-Joest-Museum in Köln. *Raqqa am Rhein* ist sein erstes Buch. – *Raqqa am Rhein* Auszug aus dem gleichnamigen Buch. © 2020 Sujet Verlag

Jürgen Becker, geboren 1932 in Köln, wo er bis zu seinem Tod 2024 auch lebte. Er begann in den 1960er Jahren mit stark experimenteller Literatur und war einer der bedeutendsten deutschen Lyriker, außerdem Verfasser zahlreicher Hörspiele und Prosaautor. Er erhielt alle wichtigen Literaturpreise, zuletzt den Georg-Büchner-Preis. – *Taubenbrunnen* (Titel vom Hrsg.) Auszug aus: Jürgen Becker: *Felder.* © Suhrkamp Verlag Frankfurt am Main 1988 – *Köln* Auszug aus: *Lokalseiten. Jürgen Becker.* Bearb.: Gabriele Ewens; Hrsg.: Stadtbibliothek Köln. Verlag der Buchhandlung Klaus Bittner 2017 (lik 04 Schriftenreihe des Literatur-in-Köln-Archiv / Heinrich-Böll-Archiv). © 2017 Jürgen Becker

Bläck Fööss, die *Nackten Füße,* wurden 1970 gegründet und zählen damit zu den langlebigsten und erfolgreichsten Kölner Mundartbands. Zu ihren bekanntesten Titeln gehören neben *En unserem Veedel* die Lieder *Mer losse d'r Dom en Kölle* und *Drink doch eine met.* – *En unserem Veedel.* M+T: Thomas Richard Engel/Dieter Jaenisch/Günter Lückerath/Hartmut Priess/Peter Schütten/Ernst Stoklosa. © by De Bläck Fööss Musikverlag GmbH, mit freundlicher Genehmigung ROBA Music Verlag GmbH

Heinrich Böll, geboren 1917 in Köln, gestorben 1985 in Kreuzau-Langenbroich. Er gilt als einer der bedeutendsten Autoren der Nachkriegszeit und erhielt 1972 den Nobelpreis für Literatur. Böll setzte sich immer wieder vor allem in seinen autobiographischen Schriften kritisch mit der Stadt Köln auseinander. – *Was ist kölnisch?* aus: *Heinrich Böll. Werke. Kölner Ausgabe.* Bd. 12. 1959–1963. Herausgegeben von Robert C. Conrad. © 2008, Verlag Kiepenheuer & Witsch GmbH & Co. KG, Köln

Liane Dirks, geboren 1955 in Hamburg. Sie ist seit 1986 freie Schriftstellerin. Von 1994 bis 1998 leitete sie die Köln-Düsseldorfer Poetikvorlesungen und war von 1997 bis 2003 freie Mitarbeiterin in der Literaturredaktion des Deutschlandfunks. Sie lebt in Köln. – *Domplatte* aus: *Eigentlich Heimat. Nordrhein-Westfalen literarisch.* Herausgegeben von Bettina Fischer und Dagmar Fretter, Lilienfeld Verlag Düsseldorf, Schriftenreihe der Kunststiftung NRW, Band 3, 2014. © 2014 Liliane Dirks

Ingeborg Drews, geboren 1938 in Köln, gestorben 2019 in Köln. Sie war bildende Künstlerin und Kunsttherapeutin. Seit 1998 schrieb sie regelmäßig für Kunst- und Musikzeitschriften sowie für das Feuilleton der *Kölnischen Rundschau.* Ihre zahlreichen Ausstellungen verband sie oft mit Lesungen aus ihrem literarischen Werk. Zudem wurde ihre Lyrik in vielen Radiosendungen vorgestellt. – *Giorgio Campi* (Titel vom Hrsg.) Auszug aus: Ingeborg Drews: *Mein Paris trägt grüne Schuhe. Eine autobiografische Erzählung.* © Roland Reischl Verlag 2012

Peter Faecke, geboren 1940 in Grunwald/Niederschlesien, gestorben 2014 in Köln, war von 1965 bis 1990 Redakteur in der WDR-Abteilung Kultur und Wissenschaft, zuständig vor allem für Themen der Entwicklungsländer. Verfasser von Romanen und zahlreichen Hörspielen. – *Hohe Straße* (Titel vom Hrsg.) Auszug aus: Peter Faecke: *Flug ins Leben.* © 1988 by Unionsverlag, Zürich

Armin Foxius, geboren in 1949 in Köln, 1979–2014 Lehrer in Köln, schrieb kölsche Musicals und Gedichte und verfasste Texte zur Lokal- und Regionalgeschichte. Er wohnt in Köln. – *Einmal ums Karree ziehen und beten* aus: Armin Foxius: *Köln ist nicht Berlin. Geschichten und Erzählungen aus der rheinischen Metropole.* © Tredition, 2018

Gunter Geltinger, geboren 1974 in Erlenbach am Main, lebt in Köln. Sein Debütroman *Mensch Engel* erschien 2008 und wurde in verschiedene Sprachen übersetzt. Er erhielt 2022 das Dieter-Wellershoff-Stipendium der Stadt Köln. – *Brücke für R.* aus: *Eigentlich Heimat. Nordrhein-West-*

falen literarisch. Herausgegeben von Bettina Fischer und Dagmar Fretter, Lilienfeld Verlag Düsseldorf, Schriftenreihe der Kunststiftung NRW, Band 3, 2014. © 2014 Gunther Geltinger

Ulla Hahn, geboren 1945 in Kirchhundem/Sauerland, aufgewachsen in Monheim am Rhein, studierte in Köln. Sie veröffentlicht seit Anfang der 1970er Jahre regelmäßig Lyrikbände. Besondere Beachtung erhielten auch ihre vier zwischen 2001 und 2017 erschienenen Zeit- und Entwicklungsromane um Hilla Palm, die autobiographisch geprägt sind. – *Studentenprotest auf Kölsch* (Titel vom Hrsg.) Auszug aus: *»Köln, das ist (m)ein Sehnsuchtsort«. Gabriele Ewenz im Gespräch mit Ulla Hahn.* In: *»... wie die Steine am Rhein«. Über Geborgenheit, Heimat und Sprache.* Ausgewählt, zusammengestellt und bearbeitet von Gabriele Ewenz. Hrsg.: Stadtbibliothek Köln. Verlag der Buchhandlung Klaus Bittner 2021 (lik 06 Schriftenreihe des Literatur-in-Köln-Archiv/Heinrich-Böll-Archiv). © 2021 Ulla Hahn

Elke Heidenreich, geboren 1943 in Korbach, lebt in Köln. Schriftstellerin, Hörspielautorin, Hörbuchsprecherin, Literaturkritikerin, Journalistin und Kabarettistin. Sie wurde vor allem bekannt durch die Moderation zahlreicher Fernseh- und Hörfunksendungen sowie ihre Rolle der Comedy-Figur Else Stratmann. – *Die Südbrücke* aus: Worring, Stefan (Fotos); Heidenreich, Elke (Texte): *Köln. Bilder und Geschichten.* 2001 Verlag Kiepenheuer & Witsch. © Elke Heidenreich

Husch Josten, geboren 1969 in Köln, wuchs im Kölner Süden auf. Sie studierte in ihrer Heimatstadt und in Paris. Danach arbeitete sie in Köln, Paris und London als Journalistin für verschiedene Tageszeitungen und Magazine. 2011 debütierte sie mit dem Roman *In Sachen Joseph*, der für den aspekte-Literaturpreis nominiert wurde. Sie lebt und schreibt in Köln und Paris und bleibt von der Hässlichkeit und Liebenswürdigkeit der Domstadt fasziniert. – *Anekdote zur Arbeitsmoral* erschien im Rahmen der Literaturkarte des Netzwerks Literatur Rheinland, www.literatur-rheinland.de/projekte/textstellen/anekdote-zur-arbeitsmoral. © Husch Josten

Navid Kermani, geboren 1967 in Siegen, ist habilitierter Orientalist und lebt als freier Schriftsteller in Köln. Sein wissenschaftliches Werk setzt sich insbesondere mit dem Koran und der islamischen Mystik auseinander. 2015 erhielt er den Friedenspreis des Deutschen Buchhandels. – *Zum siebzigsten Geburtstag des 1. FC Köln* aus: Navid Kermani: *Morgen ist da. Reden.* © 2019 Verlag C. H. Beck

Kölsches Jrundjesetz, Entstehungszeit u. Autorenschaft unbekannt

Selim Özdoğan, geboren 1971 in Köln, hat seit seinem Debut *Es ist so einsam im Sattel, seit das Pferd tot ist* (1995) zahlreiche Romane, Erzählungen und Hörbücher veröffentlicht. Er lebt in Köln. – *Stock und Kopf* ist eine für diesen Band überarbeitete Fassung der 2022 in *Das Gramm* (Band 9) erschienenen Erzählung. © 2022, 2024 Selim Özdogan

Hanns-Josef Ortheil, geboren 1951 in Köln. Er ist Schriftsteller, Pianist und Professor für Kreatives Schreiben und Kulturjournalismus an der Universität Hildesheim. Seit vielen Jahren gehört er zu den beliebtesten und meistgelesenen deutschen Autoren der Gegenwart. – *Antrittsbesuch* aus: Hanns-Josef Ortheil: *Die weißen Inseln der Zeit. Orte, Bilder, Lektüren.* © 2004 Luchterhand Literaturverlag, München, in Penguin Random House Verlagsgruppe GmbH

Margot Scharpenberg, geboren 1924 in Köln, gestorben 2020 in New York. Sie war von 1948 bis 1960 Mitarbeiterin am Zentralkatalog der nordrhein-westfälischen Bibliotheken in Köln. Ab 1962 lebte sie in New York, hielt sich aber jedes Jahr mehrere Monate in Deutschland auf und veröffentlichte auch weiterhin auf Deutsch. Ihr Werk umfasst neben Kurzgeschichten hauptsächlich Gedichte. – *Kölner Dom* aus: Margot Scharpenberg: *Domgespräch. Fünfundzwanzig Gedichte zum Kölner Dom.* Mit Sachkommentaren von Arnold Wolff und einem Vorwort von Herbert Rode. © 1980 Gilles & Francke

Sabine Schiffner, geboren 1965 in Bremen, lebt als Schriftstellerin und Übersetzerin in Köln und Bremen. Ihre Gedichte wurden in viele Sprachen übersetzt. – *Melaten* aus: Sabine Schiffner: *fremd gedanken.* Ed. Voss, Horlemann 2013, Berlin. © 2013 Sabine Schiffner

Julia Trompeter, geboren 1980 in Siegburg, lebt in Berlin. Seit zwanzig Jahren ist sie im In- und Ausland mit Lesungen und Lyrik-Performances aktiv. Zudem arbeitet sie u. a. für den WDR und den Deutschlandfunk. – *Lotta* aus: *Das*

Kölner Kneipenbuch. Kölner Autoren und ihre Kneipen. Hrsg. von Björn Kuhligk und Tom Schulz. 2011 DuMont Buchverlag, Köln. © Julia Trompeter

Dieter Wellershoff, geboren 1925 in Neuss, lebte bis zu seinem Tod 2018 in Köln. Er schrieb Romane, Novellen, Erzählungen und autobiografische Bücher. In Essays befasste er sich mit Literatur, Kunst- und Zeitgeschichte. – *Der Dom als Vatergestalt* aus: Dieter Wellershoff: *Pan und die Engel. Ansichten von Köln. Mit Zeichnungen des Autors.* © 1990, Verlag Kiepenheuer & Witsch GmbH & Co. KG, Köln

Martin Wolkner, geboren 1980 im Ruhrgebiet, war tätig als Übersetzer, Journalist, Filmkritiker, Untertitler und von 2011–2018 als Leiter des Filmfests homochrom in Köln und Dortmund. 2015 erschien sein erster Roman, *Vollmondbraut*, weitere folgten. Seit 2021 ist er Organisator des Litfests homochrom in Köln. Auszug aus: *Morgenreport – Meine EuroPride-Fiesta in Köln.* © 2019 Martin Wolkner

Alwin Müller-Jerina, geboren 1952 in Andernach, lebt seit fünfzig Jahren in Köln. Studium der Germanistik und

© *privat*

Geschichte, wissenschaftlicher Mitarbeiter im Bereich Buchgeschichte der Herzog August Bibliothek Wolfenbüttel, zuletzt einundzwanzig Jahre Direktor der Stadtbibliothek Neuss am Rhein. Im Jahr 2000 Mitbegründer des größten deutsch-niederländischen Literaturfestivals *Literarischer Sommer / Literaire Zomer.*

Mit einem SVLTO nach ...

BERLIN *Eine literarische Einladung*

Autoren aus Ost-, West- und ganz Berlin erklären die raue Schönheit der deutschen Hauptstadt und den spröden Charme ihrer Bewohner.

Herausgegeben von Susanne Schüssler und Linus Guggenberger
SVLTO. Rotes Leinen. Fadengeheftet. 144 Seiten

DRESDEN *Eine literarische Einladung*

Eine literarische Einladung in eine Stadt, deren Anziehungskraft ungebrochen ist. Dresden – die verwundete, genesene, verwandelte Stadt. In der Literatur längst zur Legende geworden, wechselndem Weltkulturerbe-Status unterworfen, ist »Elbflorenz« dennoch höchst lebendig.

Herausgegeben von Detlev Schöttker
SVLTO. Rotes Leinen. Fadengeheftet. 144 Seiten

WIEN *Eine literarische Einladung*

Schriftsteller grantln und raunzen über ihre Stadt und deren Bewohner. Die ideale Lektüre fürs Kaffeehaus oder fürs Sofa daheim.

Herausgegeben von Margit Knapp
Mit Illustrationen von Franziska Schaum
SVLTO. Rotes Leinen. Fadengeheftet. 144 Seiten

ROM *Eine literarische Einladung*

ROMA? Roma! Die Stadt, in die alle Wege führen, im Blickpunkt ihrer Schriftsteller.

Herausgegeben von Margit Knapp
SVLTO. Rotes Leinen. Fadengeheftet. 144 Seiten

... oder nach ...

PARIS *Eine literarische Einladung*

Paris: Stadt der Liebe und Literatur. Dieser Band lädt ein zu literarischen Spaziergängen durch die Metropole an der Seine. Zeitgenössische Texte; viele erstmals übersetzt; erzählen Geschichten von Orten, Menschen und der Pariser Lebensart.

Herausgegeben von Annette Wassermann und Karin Uttendörfer
SVLTO. Rotes Leinen. Fadengeheftet. 144 Seiten

BRETAGNE *Eine literarische Einladung*

Lieblich und rau, patriotisch und links. Die Bretagne vereint reizvolle Gegensätze in Geografie und Gesinnung und ist außerdem ein zu entdeckendes Literaturland.

Herausgegeben von Niklas Bender
SVLTO. Rotes Leinen. Fadengeheftet. 144 Seiten

MARSEILLE und die Provence
Eine literarische Einladung

Marseille, Frankreichs »Tor zum Mittelmeer« wurde von griechischen Seefahrern um 600 v. Chr. gegründet. Sie ist die coolere Schwester von Paris, eine Einwandererstadt und ein Sehnsuchtsort bis heute: lebendig und widersprüchlich, ein bisschen wild und eigentümlich zeitgenössisch.

Herausgegeben von Daniel Winkler
SVLTO. Rotes Leinen. Fadengeheftet. 144 Seiten

ISTANBUL *Eine literarische Einladung*

Zur Entdeckung der einzigartigen Topographie und Kultur der türkischen Metropole laden diese Texte ein.

Herausgegeben von Manfred Heinfeldner und Börte Sagaster
SVLTO. Rotes Leinen. Fadengeheftet. 144 Seiten

Mit einem SVLTO nach ...

LONDON *Eine literarische Einladung*

Ein literarischer Streifzug durch eine coole und angesagte Metropole. Mit Texten von David Byrne, Alan Hollinghurst, Sadie Jones, Hanif Kureishi, Doris Lessing, Ian McEwan, Muriel Spark, Virginia Woolf und vielen anderen.

Herausgegeben von Hans-Gerd Koch und Ingo Herzke
SVLTO. Rotes Leinen. Fadengeheftet. 144 Seiten

AMSTERDAM *Eine literarische Einladung*

Amsterdam – Stadt der Unangepassten, der Rebellen und Freiheitsliebenden. Hier radeln sie über die Grachten, hier trinken sie ihren »Koffie verkeerd« in designten Cafés, hier besetzen sie ihre Wohnungen.

Herausgegeben von Eva Cossée
SVLTO. Rotes Leinen. Fadengeheftet. 144 Seiten

MAILAND *Eine literarische Einladung*

Mailand ist die einzige Metropole Italiens – eine moderne Großstadt, mit dem berühmten Teatro alla Scala, dem Dom, der Mode, dem Möbel-Design, Museen, Verlagen, Campari & Aperol ... und einer überaus lebendigen Literatur, die Henning Klüver zu einem vielteiligen Kaleidoskop komponiert hat.

Herausgegeben von Henning Klüver
SVLTO. Rotes Leinen. Fadengeheftet. 144 Seiten

NEAPEL *Eine literarische Einladung*

»Neapel sehen und sterben« und wie sieht das Objekt des alten Sehnsuchtsspruchs heute aus? In diesem Buch laden zeitgenössische Schriftsteller zu einem Besuch ihrer Stadt ein.

Herausgegeben von Dieter Richter
SVLTO. Rotes Leinen. Fadengeheftet. 144 Seiten

... oder nach ...

BARCELONA *Eine literarische Einladung*

Metropole am Meer, atemberaubend schön, politisch umkämpft, von Touristen zu Tode geliebt: Autorinnen und Autoren aus der Welthauptstadt der spanischsprachigen UND katalanischen Literatur laden ein, Barcelona zu entdecken.

Herausgegeben von Michi Strausfeld
SVLTO. Rotes Leinen. Fadengeheftet. 144 Seiten

PRAG *Eine literarische Einladung*

Goldene Stadt, Heimat Kafkas und Freilichtmuseum, überrannt von Touristen auf der Jagd nach billigem Bier. Prager Autorinnen und Autoren führen hinter die Kulissen und erzählen Geschichten, die förmlich auf der Straße liegen oder sich in den Falten des Stadtplans verstecken.

Herausgegeben von Petra Knápková
SVLTO. Rotes Leinen. Fadengeheftet. 144 Seiten

LISSABON *Eine literarische Einladung*

Was die portugiesische Hauptstadt außer fado und bacalhau noch zu bieten hat, erzählen Ihnen über zwanzig Autoren auf diesem urbanen literarischen Streifzug durchs 20. Jahrhundert.

Herausgegeben von Henning Klüver
SVLTO. Rotes Leinen. Fadengeheftet. 144 Seiten

Köln. Eine literarische Einladung
erschien im Frühjahr 2025 als 287. *SVLTO*.

1. Auflage 2025

Emser Straße 40/41, 10719 Berlin
www.wagenbach.de mail@wagenbach.de

Covergestaltung Julie August unter Verwendung
einer Fotografie © picture alliance / Jochen Tack
Gesetzt aus der Andada und der Brown
Leinen von Gebr. Schabert, Strullendorf
Vorsatzmaterial von peyer Graphic, Leonberg
Gedruckt und gebunden bei Beltz Grafische Betriebe,
Bad Langensalza. Printed in Germany

ISBN 978 3 8031 1386 3